万葉びとは何を思い、どう生きたか

万葉古代学

中西 進【編著】

大和書房

はじめに

『万葉集』について書かれた書物は山ほどある。私もふくめて読者としてはどれを読んだらよいか、選択に困るほどではないか。

しかし、そうでありながら、じつはどの本を読んでも何か大事なものが欠けているような気がする。

その気持ちをよく考えてみると、『万葉集』が、それだけ空中に浮いていて、社会からも当時の人間の生活からも、まったく絶縁しているような奇妙さを味わうのではないだろうか。

今日のわれわれの生活は、目まぐるしいほどの世界情勢にとりまかれているし、経済の景気・不景気と密接につながっている。

都市は汚染問題をかかえてエコロジーが注目をあび、人びとは好んで自然にふれようとする。

人間の命も余命が延びたおかげで、かえって肉体的な悩みも増えている。

その様子は、古代人にとっても同じで、しいていえば程度の差があったにすぎない。

『万葉集』におさめられている一首一首の歌も、そんな中から詠まれたのだということを、きちんと認識することで、はじめてわれわれに真実の意味を伝えてくれるだろう。

しかも、『万葉集』は八世紀の歌を中心とする。この時代を世界史の上で古代とよぶことは、あまりにも遅すぎるのだが、幸か不幸か、日本はそうであった。その結果『万葉集』には「古代的なるもの」がたくさん湛えられることとなった。

この「古代的なるもの」も一首一首が底辺としてもっているもので、その正体も見極めることで『万葉集』の真価がわかる。

そこで私たちは『万葉集』をたんなる文献として捉えることをやめて、ひろく日本の古代の、あらゆる条件の中から誕生した、複合的な古代の証言として考えたいと思う。

本書は、そのような観点から浮かび上がる『万葉集』の新しい魅力を読者に提供しようと思い立ったものである。

内容は以下の本文に見られるとおりで、『万葉集』をとりまく政治、国際文化、信仰、生活、芸術、言語そして当時の自然の生態といったものを『万葉集』の成立条件と考え、その総合的な観点からみた『万葉集』の姿を明らかにしようとした。

もちろん、これ以外にも大事な見方がある。しかしまず第一の試みとして、新しい万葉アプローチを、この形で御覧いただきたいと思う。

ただ、誤解をさけるために言っておかなければならないことがある。私たちがつねに総合的な接触を考える時、つき当たる課題は、いかに多角的に考えようとしても、ただ一つ一つがモザイクのように寄せあつめられているのでは意味がない、ということだ。バラバラのモザイクではしかたがない。全体が一体となった、アラベスクな織り物を作りあげなければならない。

総合（generalization）は、しばしば一般化してしまうことがある。だからむしろ統合（integration）した成果が要求される。『万葉集』に対する、さまざまな幅広いアプローチも、個々の観点を読者が統合して結論を出していただきたいと願望している。

本書は斯界の第一人者に執筆をお願いした。繁忙をきわめるお仕事の中で、快く稿をお寄せ下さったことに、感謝のことばもない。出版の労をおとりいただいた大和書房・佐野和恵さんともども、心より御礼申し上げる次第である。

なお、二〇〇一年九月に開館した奈良県立万葉文化館の中に「万葉古代学研究所」が設立され、すでに学際的、国際的研究が進められつつある。本書の目標とそれは、軌を一つにするものである。

二〇〇三年春　　　　編　者

万葉古代学

目次

万葉古代学

『万葉集』と古代——総論

中西 進

中西 進
（なかにしすすむ）

１９２９年東京都生まれ。東大国文学科卒、同大学院博士課程修了。筑波大学教授、大阪女子大学長などを経て現在帝塚山学院長。
著書に『万葉集の比較文学的研究』（読売文学賞・日本学士院賞 桜楓社）をはじめ、『万葉史の研究』（講談社）、『山上憶良』（河出書房）、『大伴家持』６巻（角川書店）、『万葉集全訳注』５巻（講談社）、『天智伝』（中央公論社）、『古事記をよむ』４巻（角川書店）、『万葉と海彼』（和辻哲郎文化賞 角川書店）、『源氏物語と白楽天』（大仏次郎賞 岩波書店）、『日本人のわすれもの』２巻（ウェッジ）ほか多数。

『万葉集』とは、もっとも苦しみながら、極東小国に誠実に古代を生きようとした人間の姿をとどめる作品集であった。

一　国家形成の中で

『万葉集』はおよそ七・八世紀の和歌をおさめる。和歌は（もちろんすべての文芸は）それぞれの時代の総量を担っているであろう。そのトータルな解明が一首の和歌にも要求されるのは当然である。

それでは『万葉集』は、どのように日本の古代を背負っているのか。まず時代の流れでいえば、当時は稀にみるほどに急激な国家の形成期であった。

その顕著な例は、第一に聖徳太子にみられる。『日本書紀』によると、崇峻元年（五八八）七月、蘇我馬子の勧めによって天皇家は物部氏を滅したという。いわゆる崇仏論争の決着がついた事件である。

この時太子はもっとも積極的に物部討伐の先頭に立ったという。つまり太子は事もあろうに、本来神祭りに奉公してきたわが一族の伝統を否定して、仏教に帰依したことになる。

そもそも天皇家は、いわゆる神道を精神的基軸としてきた。その面でもっとも密接な一族が物部氏だったはずである。この神道の位置を「異教」たる仏教によって代えようとした。

しかも仏教は欽明朝、ほぼ五五〇年ごろから日本に流布しはじめた宗教である。四〇年にみたない外来宗教であった。

この事実は、むしろ事実であることを疑わせる程に革命的な行為であろう。さすがに書紀は天皇を主役とせず、青年将校よろしき諸王を反乱軍のリーダーにすえているが、このことも、事の革命性を物語る一端といえよう。

それほどに、当時の旧政治力を排除し天皇権を確立するためには、強引な新秩序が必要だったし、そのために利用したものが仏教であった。

同じようなことはヨーロッパにも見られる。キリスト教を国教とすることで国家を統一した例は多い。怪しむに足りない。

そしてこの「強引な」聖徳太子が大いにもてはやされたのが天武朝であった。これまた強引に、太子は今度は当時流行の道教色に染めあげられて、真人化の途をたどっていった[1]。

もちろん中国自体で道教と仏教との習合があった。その点でオリジナルな天武構想ではないが、固有の先帝（皇太子）を新しい枠にはめ込んで、一つの国家意志の表象としたのである。

これも性急なことだったと思われるが、時の国家づくりに必要な措置であり、この太子像は、天武によって書き起こされた書紀に大々的に特記されることとなった。

ところで、太子はもう一つ、聖武天皇によって三段飛びさせられる。聖武は太子を救世主に見立て、今日救世観音とよばれる太子像を夢殿という霊廟にまつった。

そして同時に、聖武はそれと併行して、大盧舎那《るしゃな》仏を建立した。今日から見ても、建立がいかに異様な発想だったかが偲ばれるであろう。

そのとおりに、大仏建立も「強引な」壮挙であった。天平宝字元年（七五七）七月におこった橘奈良麻呂の乱に際して、奈良麻呂は「東大寺を造りて、人民苦び辛む《たしな》。氏々の人等も亦、これを憂とす」といっている（続日本紀）。藤原仲麻呂から、それはお前の父親のやったことだと反撃されてはいるが、時勢に聡い仲麻呂も建立の一翼を担っていたにちがいない。そしてむしろ諸兄は聖武天皇とやや距離をおいていたことがわかる。

要するに大仏を建立し、そのことによって天皇の統治権をより強固にしようとする天皇の試みは、ここでも自然な時の成熟にまかせたものではなくて、古代国家の早急な建設に必要だったものなのである。

聖徳太子に端を発する、仏教を国家とする国づくりは、こうしてほぼ五〇年ごとの三段飛びで、強引なまでの意志と必要性の中で行なわれてきたが、じつは『万葉集』は、そのことを如実に反映している。

まず、太子の歌として「万葉集」のあげるものは、

家にあらば妹が手まかむ草枕旅に臥《こや》せるこの旅人あはれ　（巻三、四一五）

であり、竹原井に出かけた時、龍田山で路傍の死者を悲しんだ一首だと題詞をつける。

これは、書紀が片岡山の出来事とし、死者を飢え人として語る話と一致する。そして後日、飢え人は衣のみを残して姿を消したという、いわゆる尸解仙《しかいせん》の物語となっている。先にあげた、

天武朝の真人化の一端である。

ついで、太子の影は天平の歌人、山上憶良の上にもある。憶良が釈迦と弥勒と維摩の三者の名をあげるのが、法隆寺五重塔の初層の塑像――民衆への仏伝のテキストと一致すること[2]、あれほど天寿にこだわり、西方浄土への往生を願うのが太子の天寿国思想や例の隋王への国書の思想と一致することなどはすでに述べた[3]。

これこそ、憶良が侍講をしたこともある聖武天皇の、太子復活の意志と心を一致させた、当時の太子敬仰によるものであった。

聖武天皇の白鳳回帰も、折にふれて言及してきた[4]。先の太子伝説の一首も、その動きの中で『万葉集』に収められるに到ったものであり、憶良の作品ともども、聖武天皇の国づくりにともなう天平精神によるものであった。

そしてまた、『万葉集』には次のように興味ぶかい事柄がある。

仏前の唱歌一首

時雨の雨間無くな降りそ紅ににほへる山の散らまく惜しも　（巻八、一五九四）

右は、冬十月の皇后宮の維摩講に、終日大唐・高麗等の種々の音楽を供養し、すなはち、この歌詞を唱ふ。弾琴は市原王と忍坂王と、歌子は田口朝臣家守と辺朝臣東人と置始連長谷等と十数人なり。

この維摩講は、皇后宮で行われたとあるが、通常は興福寺で催されるものであった。もちろん維摩経を説く法要であり、天平五年以降は、毎年十月十日から十六日までの七日間行なわれた。

さて維摩は右の憶良の作にも病臥のことが見え、法隆寺の塑像にも病臥の折の文殊菩薩との問答が造られているのだが、周知のごとく聖徳太子親撰とされる三経義疏の一は、維摩経の義疏である。太子からの流れは、ここにも見られる。

ところで、なぜ維摩講はこの七日間に行なわれるのであろう。じつは十月十六日は藤原鎌足の命日である。さてこそ維摩講が藤原氏の氏寺たる興福寺で行なわれることも、合点できる。

そうなると、さらに推測をすすめて、鎌足の追悼供養に維摩経講説がもっともふさわしかったのは、なぜだろうという疑問がわく。

鎌足は維摩詰のごとくだと、思われていたのではないか。

じつは、命日については、道教を信じた天武天皇ならばこそ、九月九日という重陽の日に崩じたと伝説されたのではないかと推測される。(5)『万葉集』によると天武は東海に生き長らえているという（巻二、一六二）。神仙化したのである。

そしてこの登仙は、聖徳太子の天寿国への再生を引きつぐものであろう。

そこで同じようにいえば、鎌足にも似たような伝承を付加することが可能である。すでに「日本書紀」の伝えるところによると、病篤い鎌足の病床を天智天皇が見舞い、いまだ巨川を済《わた》っていないのに我をおいて死ぬのかと天皇は嘆いたという、いささか伝説めいた話がある。維摩の病床も文殊が見舞っている。天智も鎌足も知者として知られる人物である。

鎌足の伝説化は、半ば意図的にされた趣がある。鎌足の子不比等の長子武智麻呂とともに二人の伝記が『家伝』上下二巻として、武智麻呂の子・仲麻呂によって書かれた。天平宝字四年(七六〇)から六年までの間と思われる。

武智麻呂の死は天平九年(七三七)、それに先立って天平五年から興福寺の維摩講を定めたのは武智麻呂だったのではないか。そして没後これを引きつぎ、仲麻呂は片や始祖と親とについて伝記を書いたのではないか。作者としては下巻に僧延慶の名を記すものがあり、伝も定慧伝、不比等伝を添えるものもあるが、いずれにせよ、中心は仲麻呂の作である。

また右の歌は天平十一年の作と同十五年の作との間におかれており、正確な年が確定できないが、もし天平十二年十月の作なら、折しも藤原広嗣の乱直後、藤原氏が危機に瀕した時のものとなる。

この時はとくに皇后宮で行なわれたという。なぜ光明子がわざわざわが宮でしなければならなかったのか、もし十二年とすると、興味ぶかい。

いずれにせよ維摩経自体が戯曲的構成によって有名な経典であり、鎌足を擬することもあながち不可能ではない。

もしもそれが正しいとすると、推古朝以来の維摩経信仰は、思わぬ受容の仕方の中に溶解しながら、しかしそのゆえに確実な実体をもたせられつつ、聖武朝（さらには全奈良朝）まで生きつづけてきたことになり、太子以来の国づくりの影は『万葉集』にも色濃く投影していることが知られる。

そしてまた、ここで改めて「仏前唱歌」なるものを顧みると、これはまた何と仏教なるものとはかけ離れた自然詠であるかに、感嘆せざるを得ない。

もとより、釈教歌のごとく教義に基づいて作られた和歌ではない。本来、出自が別のものであろう。

しかし、それでいて無常迅速を嘆く点を共通項としてたやすく仏教にとり入れられていく仕組みこそが、万葉の和歌と外来思想とのごく自然な当時のあり方だったことが、大事であろう。

維摩講の音楽はこの外にもさまざまな外国楽が知られる。まるで音楽の競演のような合奏とコーラスの中で、伝統的な歌いぶりの和歌が歌われても自然であった。

しかも事は、国づくりのごく初期の英雄的宰相にまつわる行事として、行なわれている。

それほど密接で、しかもごく自然な形で、『万葉集』は国づくりと手を結び合っていたのである。

二 「王の言語」の崩壊の中で

古代国家の形成は、同時に古代のことばの成熟を意味した。『万葉集』を、このことばの成熟のサンプルとして見ることができる。

もちろんことばは、人類が発生した当時から存在したはずだが、いま国家の形成という路線の中でことばの有様を見ると、それは、王のことばから人間のことばへの変容と規定することが可能であろう。

通常、太古のことばは王の周辺の人間によって管理された。たとえば『古事記』顕宗天皇の条には、天皇の亡き父、市の辺の忍歯王の骨を埋めた所を知っていたとして褒賞にあずかる置目《おきめ》の媼《おうな》という老女が登場する。

この老媼の名オキメは、遠く時間的にも空間的にも透視する者という意味であろう。時間は過去にも未来にも及ぶから、過去の埋骨の場所を言いあてることができたのだし、ふつうに王は、未来への予言者として占師を必要とする。

また建内宿禰のように長寿者が登場するのも、過去の所有範囲の広さを具体的に表現した登場人物としてであろう。置目も老女である必要があった。

しかもこの透視眼は凡庸ではいけないから、彼らは多く盲目である。置目の媼については盲目のよしは一切語られないが、置目を召す時に必ず大鈴を鳴らしたというのは、盲目の証拠である。

さて置目はある日故郷へ帰りたいという。すると天皇は嘆いて一首の歌をよむ。

置目もや　淡海の置目　明日よりは　み山隠りて　見えずかもあらむ

ところで『万葉集』では初期万葉を代表する歌人のひとり、鏡王女に天智天皇が一首の歌をあたえる。

妹が家も継ぎて見ましを大和なる大島の嶺に家もあらましを　（巻二、九一）

これも見えるか否かを問題にする辺り、置目の役割の半ばを鏡王女がまだ保存しているように見える。これも鏡王女が退去の際のものではないか。王女は巫女性も伺わせる女性であった。そして一方、王女の妹だともいわれる額田王も「詞《ことば》の媼」と見られる面の多い歌人だが、王もまた、近江遷都に関して三輪山を「つばらにも見つつ行かむ」「しばしばも見放けむ」と願う（巻一、一七）。

しかし見えないと嘆くのである。

惜別を「見えない」という表現で嘆くパターンはここに及びながら、しかし少しずつ個別化していくさまが知られるであろう。

ところが、このパターンなるものは単なる習慣を越えて、儀礼性を身につけたものであったらしい。さらに後までも続く。

飛ぶ鳥の明日香の里を置きて去なば君があたりは見えずかもあらむ　（巻一、七八）

題詞による和銅三年（七一〇）二月、藤原宮から寧楽宮へ遷った時の歌で作者未詳、ただし一説に「太上天皇」の作だとある。

すでに知られるように幾つかの疑問があろう。まず寧楽への遷都なら内容があわない。内容を立てて明日香から藤原への遷都とすれば「太上天皇」は持統天皇となろう。もし寧楽遷都なら元明天皇の作のはずであるが、元明を太上天皇とよぶのは、この際当らない。

そこで真実は、先の藤原遷都の折よまれた歌があり、詞人の作だが持統天皇の立場のものであった、それが寧楽遷都にも口吟されたということではないか。

つまりそれほど強固に「見えない」歌が儀礼歌として強制されていたのであり、このように王の行動にともなう歌のことばをかりに「王の言語」といえば、「王の言語」がより古代のことばとして『万葉集』にも保有されているということだ。

ついでにもう一首、志貴皇子の名歌を加えることもできる。

采女の袖吹きかへす明日香風都を遠みいたづらに吹く　（巻一、五一）

都が明日香から藤原へ遷った時の歌だというから、右の詞人の作と同時である。それとおぼしく、ここでも「見えない」采女の姿を歌っている。立場が旧都にあることが違うにすぎない。もちろん、それでいて先掲の諸歌を抜ん出て秀歌であることも、事実であろう。この面をいま「人間の言語」とよべば、少しずつのそれへの変容を、以上のパターンの中に見ることができる。

しかも、この「王の言語」の根強さを遷都を軸として考えるなら、そもそも藤原宮から寧楽宮への遷都は、中国の最新の都城観によるものである。

藤原宮が僅か十六年ほどでなぜ捨てられなければならなかったのか。私は慶雲元年(七〇四)帰国の遣唐使たちがもたらした中国の都城観、さらにはいっそう根源の法制が、更新を求めたからだと思う。

藤原朝を規制するものとして重きをなしたものは、中国の「周礼」であった。都城にしろ占星術、葬制にしろそれを見ることができる。

ところが、もうそれは古いことが明らかになった。新しい都城の建設が必要となった。王宮を中心におく思想は、天円地方の天地をさながらに地上化したものだったが、王宮を北端におく新都は、天子南面の思想による。あくまでも平面的な宇宙観であり、大きな思想の変化がある。

『続日本紀』に載せる遷都の詔は、

藤原宮の範囲

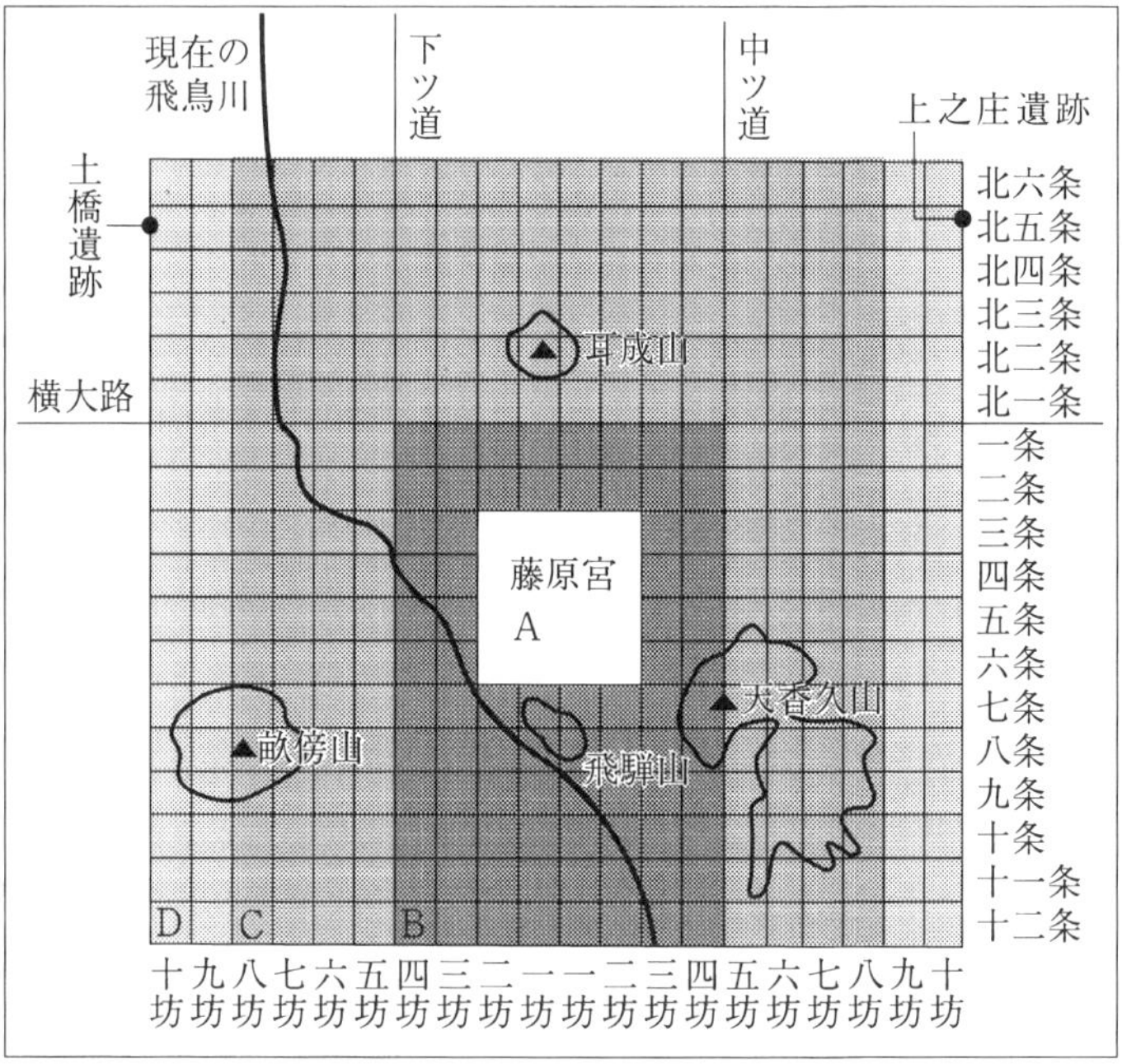

A：藤原宮　B：岸俊男復原説　C：秋山日出雄復原説　D：武田政教復原説

「平城京」（奈良県・平城遷都1300年記念2010年委員会編）より

方今、平城の地四禽図に叶ひ、三山鎮を作し、亀筮並びに従ふ。

という。すでに藤原宮に有名な三山があるものだから、両都は同じ思想によって作られたと思われがちだが、こう明言する都城の条件に、藤原宮は合わない。「四禽図に叶」うわけにはいかない。

大きな差異があるというべきだろう。これはまた、何と平面的な思想だろう。

そしてさかのぼると、明日香から藤原への遷都も、じつは単純な移転ではなかった。

今日ふうな用語でいうと、そもそも明日香は宮であって都ではなかった、というべきだろう。明日香なる小盆地は、本来別天地であって、王居としてふさわしいというよりも、精神性、宗教性の高い聖空間であって、生活に便利でも支配上、軍事上いずれの面にも、すぐれてはいない。

だから浄御原宮をもって完成する明日香京とは、旧時代のユートピアの達成と見るべきであろう。

そこから脱して支配者としての空間を最初に求めたのが藤原宮だったのだから、今日ふうにいう都は、そこから出発したことになる。

以上にあげた万葉の「見えない」歌の伝統と創造も、こうした宮から都へ、垂直宇宙観から水平宇宙観へという国家体制の変化にともなうものであった。

したがって、歌のことばは国づくりに伴うものと、それを拒否するものとの双方をもつのだが、この「王の言語」は殊の外に万葉には強い。

まずは白鳳期まで「王の言語」は根強く歌人たちをいろどっている。右には儀礼の歌をあげたが、「王の言語」にたずさわる人たちの役割としたものとして、他に誄や歴史叙述などがある。たとえば柿本人麻呂という歌人の上にも、それを重く強く考えなければならない。

人麻呂の、石見の国から妻と別れて上京する時の歌として、有名な長歌の末尾に、

妹が門見む　靡けこの山　（巻二、一三一）

というのがある。これもかつては作者の惜別の情が高揚するといった評語が見られたが、それは恣意にすぎるであろう。渡部和雄氏が同種の表現は民謡にいくらもあるといったのが正しい。

持統天皇が雷の丘に登った時にも人麻呂は一首をよんだ。

大君は神にし座せば天雲の雷の上に廬《いほ》らせるかも　（巻三、二三五）

この雷という地名にも、小子部《ちいさこべのす》栖軽《がる》が雷をつかまえたという伝承がある（『日本霊異記』上、一）。そのこと自体がユーモラスな語りである上に、その雷の丘の上に建物を立てたというのがユーモア以外のものではありえない。

「荒山中に海を」（巻三、二四一）見立てたり、自らを「しい」（巻九、一七八三）た奴と自虐ぶりを発揮してみたりする人麻呂を全部真にうけて歌聖だというのは、思い込みにすぎない。

この一首も相手の持統天皇をたいそう喜ばせたにちがいない。何しろ『万葉集』ですぐ並んでいる歌は正体も明らかな詞の媼の作であり、当の持統自身にも生真面目な歌は一首もない。同時代人の長忌寸意吉麻呂も諧謔の歌の名手であり、高市黒人も「古人」という綽名で呼ばれるほど、古風を売り物とした歌人である。

また歴史叙述と先に言ったものも、それこそ初期万葉はほとんどがそれからの歌の抜粋である。

額田王物語は一大長編物語で、登場人物も華麗なら時代も長きにわたり、悲劇も喜劇もあった。天皇の秘事を歌にするのはおかしい、といった発言は、統帥権をもった明治時代以後の天皇のイメージを、勝手に加えた説にすぎない。王の物語なくしては『古事記』は成立しない。むしろ詞の職にたずさわるものが諧謔や歴史の語りに奉仕することは、洋の東西をとわず普遍的なことである。

そもそも、ことば巧みに「諧謔」とか「語り」とかという表現をいかに達成《エスタブリッシュ》するかが、古代語の専門家の身上だった。

しかし、その古代語も八世紀になると、個別の人間の表現を歓迎するようになる。すでに少しずつ初期万葉の歌についても見たとおりだが、気の毒なのは山部赤人という歌人である。彼はもう周辺が「人間のことば」にみちている中にあって、あえて人麻呂のコピーとして要請されて、宮庭に登場した。

白鳳の精神がほしかった聖武天皇が、必要としたからである。

そこでは、人麻呂に似ていなければ役目がつとまらない。一所懸命真似をした。しかし真似は真似である。彼はつねに人麻呂と比べられて低い価値しか与えられない。

諧謔の歌もよんだ。

わが屋戸に韓藍蒔き生し枯れぬれど懲りずてまたも蒔かむとそ思ふ　（巻三、三八四）

すると下品だと嫌われる始末である。

しかし一方、すでに「人間の言語」の時代にありながら、なお「王の言語」を目ざした人もいた。

大伴家持である。

彼は十分に彼自身の表現を駆使し、日本の最初の「芸術家」といえる存在となった。[7]ところが彼は、その試みの一つとして、また父祖の血の自覚の中に、そしてまた聖武天皇の白鳳政治再現の意を体して、防人の歌をとりまとめた。

彼が防人の中に見たものは、耳にするばかりで見ることのなかった白鳳の舎人の群像だったのではなかったか。彼らこそ「大君の辺にこそ死」（巻十八、四〇九四）ぬ者どもであり、自らの民族の言立ての実践者であった。

聖武天皇は大仏を建立し、国分寺を建てて鎮護国家の金光明最勝王経をそこに収めた。家持にとって、それに体を合わせる行動が自分にできるとすると、その最たるものは鎮護国家のことばを集めて、天皇にたてまつることだったのであろう。

三　漢語との対立の中で

もちろん、万葉人とは、王に仕えた人たちばかりではない。広く一般の人びともおり、また王に奉仕した人とて、日常生活がある。

それでは、そういった生活者の言語はどうであったろうか。

私はここでも古い言語と新しい言語との両方をもつのが「万葉集」だと思うのだが、まずは古い言語――より古代的な本質的な言語の見せる、自然と人間との一体観がある。しかも王の言語同様、それを基本として見ないと、万葉の心にたどりつくことはできない。

有名な歌でいえば、

紫草《むらさき》のにほへる妹を憎くあらば人妻ゆゑにわれ恋ひめやも　　大海人皇子　（巻一、二一）

という一首がある。この「にほへる」は何が匂うのか、多少わかりにくい。しかし紫草でもあり妹でもあるというのが正解で、これをあいまいだとか、解りにくいとかいう向きは、万葉の読者になれない。

さらに「紫草のにほへる妹」というのは掛詞の技巧によるものだという人は、もっとも理解者から遠い。

反対に紫草は美しい妹（額田王）の比喩だという人は、やや正解者に近いが、しかしほんとうの正解者ではない。

真の正解者は、紫草は妹の象徴だ、という人である。

象徴《シンボル》とは、本来一つの物を二つに割ったもので、つなぎ合わせれば一つになる物のことだ。割符というものがある。それが象徴の代表である。だから紫草と額田王を二つもってくると割れ目がぴったり合うという仕儀である。

じつは万葉には、この種のことばがあふれている。万葉集のもつ古代性の最たるものだといっていいだろう。

たとえば連合表現（枕詞という人もいる）は、万葉時代よりさらに古くから続いているものらしく、それなりに解決がつかない古語もある。

しかし「ぬばたまの」という夜、闇などと連合する表現は、ヌバタマ（現代名はカラスオオギ）という植物のまっ黒な実が夜や闇の象徴なのである。「久方の」という「久方」（遠い彼方）も天や雨、光を象徴する概念である。このばあいは上下がヌバタマとは逆で、天や雨、光などが目に見えないものとしてヌバタマに相当する。

ところが、こうした表現を万葉は多くとどめながら、一方で客観的に見られるものとしての自然も歌うようになる。


梅が枝に鳴きて移ろふ鶯の翼白妙に沫雪そ降る　作者未詳　（巻十、一八四〇）

という、ほとんど『古今集』の歌といってもよいものも、新しい時代になると登場する。

この変化はなぜおこったのか。私はこれと暦が深く関係していると考える。

じつは万葉時代に中国から暦が輸入される、その輸入と定着はおどろくほど、早かった。たとえば儀鳳暦とよばれる暦は、中国で唐の高宗の麟徳二年（六六五）に作られ、儀鳳二年（六七七）に日本にもたらされた。

そしてこの暦は文武元年（六九〇）から天平宝字七年（七六三）まで日本で使用される。その後は玄宗の開元十二年に作られた大衍暦が用いられた。万葉でいえば後半の時代の人びとはほとんど儀鳳暦によって生活していたといってよいだろう。

ところで時代はずっと下るが、清和天皇の貞観三年（八六一）六月、暦を新しくすべきだという建議があった。その時の言い分は、新暦と古い大衍暦などを比較すると、天文や時候を考えてみて令朔節気に違いがある。また「暦議」によると「陰陽の運というものは、動くに従って違いがある。違いはいつまでも起こりつづけ、ついに暦と違ってくる」とある。だから新暦に改めるべきだと言った。

つまり万葉人は天文や自然を象徴的に眺めながら、一方で暦という自然の一つの尺度も持たされていたのである。

しかも天文や時候という自然の循環、令朔節気という区切り、また陰陽の動きまで予定調和的に与えられるとなると、その中にあてはめて自然を見ようとする態度が出てくるであろう。

その最たるものが家持に見られる。彼は越中にあってしきりにホトトギスを待ちのぞむ。たとえば「霍公鳥と時の花とを詠める歌」（巻十九、四一六六―八）というものを作り、左注に「右は二十日、時に及《いた》らずといへども、興に依りてかねて作れり」と言い訳けをする。今日は三月二十日だからホトトギスの鳴く時ではないが作った、というのである。ホトトギスは夏の鳥ときまっていたから、四月一日や立夏になると鳴く、ならないと鳴かない、と決まってしまっていた。

だから逆に「二十四日は立夏四月の節に応れり。これに因りて二十三日の暮に、忽ちに霍公鳥の暁に鳴かむ声を思ひて作る歌」（巻十九、四一七一、二）とも言う。立夏になればホトトギスは鳴くべきだった。

自然はこうなるとすでに暦の中にとじ込められて、人間から切り離されてしまい、象徴的な関係を人間と結ぶよすがもない。

『万葉集』がこうした歌をもつことも事実であり、むしろその方が当時の知識人のあり方としてはダンディだったのであろう。先にあげた巻十の歌々を作った人びとは、奈良の都の都会人だったと思われる。

さて、以上のことすべてをふくめて改めて考えてみると、『万葉集』が激しい時代の流れや急速な国家形成の意図の中にさらされていたことが、強く知られる。

より古いものとより新しいものとの、双方の古代的なるものを『万葉集』の中に見ることになるのだが、しかしなお強く注目すべきことは、国づくりや王権の変化、暦の受容といった外側の枠ぐみの変転にもかかわらず、『万葉集』がやまとことばによって構成されているという事実である。

『万葉集』の中で漢語はほとんど十数語を数えるのみである。山上憶良そして彼を模倣した家持の一部を除いて、漢詩文も『万葉集』はほとんど排除した。

天平宝字二年（七五八）二月に渤海大使として赴任する小野田守を餞る宴会が開かれた時の家持の一首が『万葉集』には収録されているが（但し「未奏」の歌）、この使者の往来にともなって来日した渤海使との間には、漢詩の宴会が開かれた。その折の作品は『経国集』に見える。

ただし『万葉集』は、これに関し一切口にしない。

『万葉集』とは、そもそもやまとことばをもって、白鳳の精神を継承する言立てをしようとした作品集である。しからば漢語を排するのは当然であったろう。

そこで改めて考えてみるべきことは、以上述べたように、より古い日本の様子が、きわめて大量に、強力に外来の制度や習慣に浸蝕されていたことである。

その上でなお、刷新される生活の中で漢語的思考とやまとことば的思考を対立させながら、そのことによって錬えられたやまとことばの集を、古代人は作った。

それが『万葉集』である。

したがって同じ古代の作品といっても、漢文で書かれた『日本書紀』、準漢文体で書こうとした『古事記』、漢詩を集めた『懐風藻』そして和歌を仮名書きで扱いながら、中国の歌論にあてはめようとした『歌経標式』などとは、本質的に違うであろう。

『万葉集』とは、もっとも苦しみながら、極東小国に誠実に古代を生きようとした人間の姿をとどめる作品集であった。

［注］

（1）このことについては拙稿「素王・聖徳太子」ですでに述べた。「東アジアの古代文化」一〇四号（平成十二年八月）所載。『聖徳太子の実像と幻像』（大和書房）収録。拙著『謎に迫る古代史講座』（PHP）所収。

（2）拙稿「塑像と古典」（「文芸」昭和四八年五月号）、拙著『詩心往還』所収。

（3）拙稿「人間主義はどこから来たか」『歴史街道』平成十三年十二月号。拙著『謎に迫る古代史講座』

（ＰＨＰ）所収。拙稿「山上憶良の漢詩」（「しにか」平成十四年二月号）。

（4）拙稿「聖武天皇は聖徳太子を目ざしていた」『歴史街道』平成十年十二月。拙著『謎に迫る古代史講座』（ＰＨＰ）所収。「聖武朝における白鳳回帰」『東アジアの古代文化』一〇〇号平成十一年八月。拙著『謎に迫る古代史講座』（ＰＨＰ）所収。

（5）拙稿「天武天皇はなぜ九月九日に死んだか」『橿原万葉フェスティバル』平成十一年十月十八日。

（6）拙稿「大伴家持は芸術家だったか」『全国万葉フェスティバル in 高岡』平成十年十月発行。

万葉時代の政争と争乱

上田正昭

上田正昭
（うえだまさあき）

１９２７年兵庫県生まれ。京都大学卒業。京都大学名誉教授、大阪女子大学名誉教授。姫路文学館館長、世界人権センター理事長、高麗博物館館長、京都市学校歴史博物館館長、アジア史学会会長、中国社会科学院古代文明研究センター学術顧問。

著書に『上田正昭著作集全8巻』（角川書店）、『帰化人』（中央公論社）、『日本神話』（岩波書店）、『藤原不比等』（朝日新聞社）、『「日本」という国』（梅原猛氏との対談）『道の古代史』『歌集　共生』（以上大和書房）ほか多数。

『万葉集』は「天平貴平」の世のたんなるロマンの歌集ではない。非天平の政争と争乱がその背景をいろどり、そのなかを生きる人間模様の楽しみと悲しみ・愛と喜びの歌声が、人びとの胸にこだまするのである。

一　編集の意志

『万葉集』の巻第一・巻第二、そして巻第九がいつ編纂されたのか。

『万葉集』の長い研究史のなかで、さまざまに考察されてきたが、いまもなお決定的な確証はない。諸説のなかで、巻第一と巻第二は平城遷都の前後のころにまとめられ、巻第九は天平十年（七三八）前後にできあがったのではないかとする見解がもっとも説得力にとむと思っている。

その巻第一が最初の歌を「泊瀬朝倉宮御宇天皇」（雄略天皇）の「御製歌」とし、巻第二が冒頭の歌を「難波高津宮御宇天皇」（仁徳天皇）の磐姫（石之日売・磐之媛）皇后の「御作歌」とみなしているのも、さらに巻第九のはじめに収めた歌を再び「泊瀬朝倉宮御宇大泊瀬幼武天皇」（雄略天皇）の「御製歌」とするのも興味深い。

八世紀のはじめのころの宮廷における皇統譜において、雄略大王や磐姫大后が強く意識されていたことを反映しての「御製歌」・「御作歌」の位置づけである。

『万葉集』の巻頭を飾る有名な「籠《こ》もよ　み籠持ち　ふくしもよ　みぶくし持ち　この岡に菜摘《つ》ます児　家聞かな　名告《の》らさね……」は、かつて検討したことがあるように[1]、宮廷の祈年祭などに甘菜・辛菜を貢献した大和盆地の供御料地としての御県《みあがた》における、大王と菜摘む乙女の問答歌がその歌の場にふさわしいが、それをなぜ雄略大王の「御製歌」として巻第一の冒頭に収めたのか。

巻第九の「夕されば小椋山《おくらのやま》に臥す鹿は今夜《こよい》は鳴かず寝《い》ねにけらしも」の歌も、左註に記すように「或本に曰く、岡本天皇御製」（舒明大王か斉明大王、おそらく斉明大王であろう）とする伝えがあったにもかかわらず、あえて雄略大王の「御製歌」として編集したのか。

巻第二のはじめに位置づけた「君が行き日《け》長くなりぬ山たづね迎へか行かむ待ちにか待たむ」を山上憶良の『類聚歌林』によって磐姫皇后の「御作歌」とし、さらにこの歌ときわめて類似する「君が行き日長くなりぬ山たづの迎へか往かむ待ちには待たじ」を収めて、左註で「右一首の歌、古事記と類聚歌林と説ふ所同じからず、歌の主もまた異なる」と珍しく詳細な考証をしながら、やはり磐姫皇后の「御作歌」としたのはなぜか。

雄略大王の代が埼玉県行田市の稲荷山鉄剣銘文や熊本県菊水町の江田船山古墳大刀銘文などにもうかがわれるように、古代史における重要な画期であったことはたしかであった。(2) そしてまた後述するとおり、天平元年（七二九）八月二十四日の安宿媛《あすかべひめ》を皇后としたことを弁明した宣命に、「難波高津宮御宇大鷦鷯《おおさざき》天皇（仁徳天皇）、葛城曽豆比古（襲津彦）の女子《むすめ》伊波乃比売命（磐之媛命）を皇后と御相坐《みあいま》して」と明記するように、八世紀前半における磐姫大后の存在についての認識はきわめて高いものであった。こうした皇統譜の記憶が、巻第一・巻第二、そして巻第九のまとめに強く作用しているのである。『万葉集』はたんなる古代歌謡の集成ではない。そこには編集者の歴史認識が強く作用していた。

二 大伴家持と『万葉集』の顕現

『万葉集』最後の歌は、大伴家持が因幡守であった天平宝字三年(七五九)正月の因幡国庁での賀宴の歌である。『万葉集』は大伴家持がみずからの歌を含めて二十巻にまとめるまでに、巻第一・巻第二・巻第九のように編集された歌集あるいは『柿本人麻呂歌集』などをはじめとする個人の歌集などもあったが、その完成は奈良時代の末か、平安時代のはじめであったにちがいない。なぜなら、たとえば巻第十四の東国東歌相聞往来の国ごとの配列は、遠江・駿河・伊豆・相模・武蔵・上総・下総・常陸の東海道の国、そしてつぎに信濃・上野・下野・陸奥という東山道の国々となっているからである。ここで注意すべきは武蔵国はもともと東山道の国であって、武蔵国が東海道の国に入ったのは、宝亀二年(七七一)十月二十七日からであった(『続日本紀』)。したがってこの巻第十四の東国東歌相聞往来の編集は、宝亀二年の十月二十七日以後であったとしなければならない。

それなら大伴家持が最終的にまとめた『万葉集』が、朝廷のなかで知られるようになったきっかけはなんであったのか。その点については別に述べたことがあるけれども(3)、私見では延暦四年(七八五)九月二十三日の藤原種継の暗殺事件が深いかかわりをもつのではないかと考えている。大伴家持は同年の八月二十八日、陸奥按察使・鎮守将軍でこの世を去っていたが、家持歿後であったのにもかかわらず、種継暗殺の関係者として除名され、一切の家財が没収され、息子の永主は隠岐へ流罪となった（『続日本紀』『日本後紀』）。その家財のなかに『万葉集』の稿本があった可能性がある。

大伴家持が「新しき年の始《はじめ》の初春の今日降る雪のいやしけ吉事《よごと》」の歌を因幡国庁の正月の賀宴で歌ったのは四十二歳のおりであった。家持の享年は六十八歳である。天平宝字三年の正月以後、大伴家持がまったく歌を作らぬ歌人となったかどうかはさだかでないが、家持自身の作歌活動が、天平勝宝九年（七五七）七月の橘奈良麻呂の変以降とみに衰え、その前年の「族《やから》に喩《さと》す歌」が大伴家持が作った長歌の最後であったことも軽視できない。

万葉の世紀には争乱・政変があいついだが、大伴家持の生涯そのものが政争の渦のなかにあったといってよい。その政争の嵐は前述のとおり家持の死後にも吹きすさんだのである。

大伴家持が旅人の嫡男として誕生したのは養老二年（七一八）である。その前年の三月には左大臣であった石上麻呂《いそのかみまろ》が歿して、事実上の廟堂の第一人者になったのは右大臣の藤原不比等であった。中臣鎌足の次男史《ふひと》（不比等）は壬申の年（六七二）の皇位をめぐるすさまじい簒奪戦争（壬申の乱）のあと、しだいに朝廷に重きをなすようになった。

鎌足の長男貞慧（定恵）は入唐して帰国した天智称制四年（六五六）に、わずか二十三歳で黄泉路へと旅立つ。貞慧が健在であったとすれば、不比等の生涯はかなり変ったかもしれない。

不比等が史上にその名を現わすのは、持統称制三年（六八九）の二月で、竹田王ほか九名が判事に任じられたそのなかに藤原朝臣史（不比等）がみえる。

しかし不比等に対する持統天皇の信任は篤く、その期待が判事にとどまるものでなかったことは、天平勝宝八年（七五六）の『東大寺献物帳』の黒作懸佩刀《くろづくりかけはきたち》にかんする記述をみてもわかる。[4] この黒作懸佩刀は草壁皇太子が日ごろから愛用していた刀であり、その愛刀が草壁皇太子から不比等へ与えられ、文武天皇即位のおりには（六九七年）、不比等から文武天皇へ献じられている。それだけにはとどまらない。文武天皇がなくなったさいには（七〇七年）、再び不比等のもとに贈られ、さらに藤原不比等がなくなった時には（七二〇年）、皇太子であった首《おびと》皇子（後の聖武天皇）に献じられている。

この刀はたんなる護り刀ではなかった。藤原不比等を持統女帝が草壁皇太子から軽皇太子（後の文武天皇）への後見人として、篤く信任しての護り刀であった。不比等はわが娘宮子を文武天皇の夫人とし（六九七年）、大宝元年（七〇一）三月には宮子が首皇子を出生した。その首皇子が晴れて皇太子となったのは和銅七年（七一四）の六月であり、藤原不比等と県犬養三《あがたいぬかいのみ》千代《ちよ》との間に生まれた安宿媛《あすかべひめ》が、首皇太子妃となったのは霊亀二年（七一六）の六月であった。

新興藤原氏が政界の実力者となってゆくのに対して、伝統ある大伴氏は凋落の道をたどってゆく。それは大伴の氏の長《おさ》の地位の推移をみただけでもわかる。大伴長徳《ながとこ》は大化五年（六四九）に右大臣となったが、長徳以後において生前に右大臣となった人物はいない。長徳の子の

皇室と藤原氏の関係系図（太字は天皇、数字は皇統譜による皇位継承の順、○数字は女帝。）

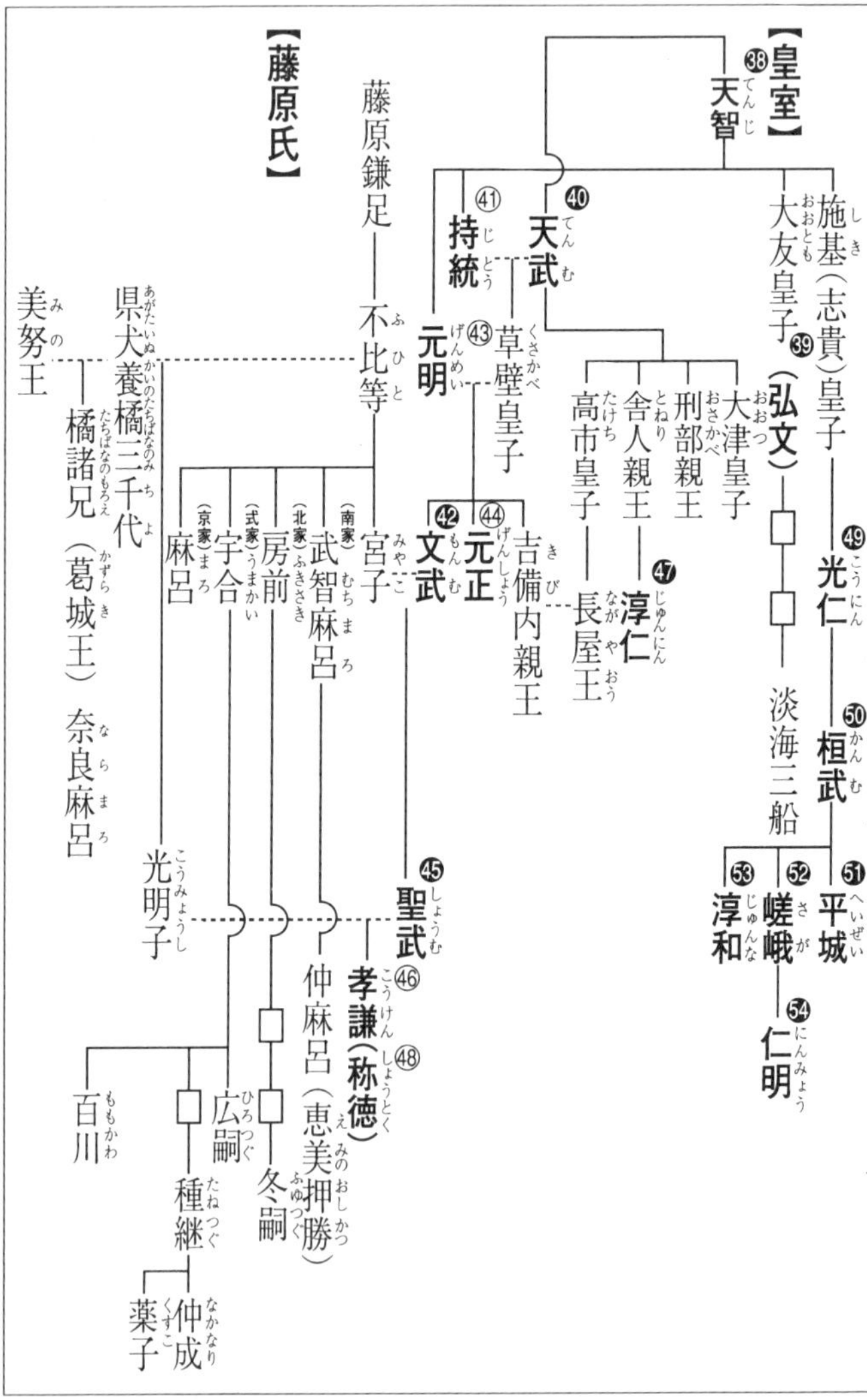

御行《みゆき》・安麻呂《やすまろ》は大納言どまりであり、辛うじて御行のみがその没後に右大臣を追贈されたにすぎない。

家持の父の旅人がようやく大納言となったのは、天平二年（七三〇）の十二月である。時に旅人は六十六歳であり、その翌年の七月にはこの世を去っている。家持が中納言に昇進したのは延暦二年（七八三）の二月であって、年はすでに六十六歳であった。

大伴家持の生涯をいろどる神亀六年（七二九）二月の長屋王の変、天平十二年（七四〇）の九月に勃発した藤原広嗣の乱、天平勝宝九年（七五七）七月の橘奈良麻呂の変、天平宝字八年（七六四）九月の恵美押勝の乱などの政争と争乱には、藤原氏が深いつながりをもつ。

三　非天平と藤原氏

神亀という年号が天平と改元された状況にも藤原氏の暗躍は顕著である。藤原氏にとって天武天皇の子で英邁の高市皇子とその子の長屋王は、目ざわりな存在であった。皇孫・左大臣である長屋王を倒して、年号を天平と改め、聖武天皇の夫人であった藤原不比等の娘の安宿媛を皇后に推載するのである。

この間の政治勢力の葛藤については、別に述べたので(5)、ここではくり返さないが、長屋王の失脚・謀殺の背後に藤原氏の陰謀があったことはたしかであった。そして同年の八月五日、神亀を天平と改元したのは、河内国古市郡の賀茂小虫が、亀の背に「天王貴平治百年」とあると称して、この「瑞亀」を献じたのにはじまる。古市郡は安宿媛の母の県犬養三千代の本貫があった郡であり、その名安宿は古市郡の隣の安宿（飛鳥戸）郡の「安宿」に由来する。安宿郡は不比等の乳母田辺史《たなべふひと》の娘の本拠地であり、そして「瑞亀」の献上をとりついだのは、当時京職大夫従三位であった藤原麻呂（不比等の四男）であった。

こうして改元五日後の八月十日、安宿媛夫人は皇后となる。さらに前述したとおり、同年の八月二十四日には、立后を弁明した宣命がだされたのである。その宣命には⑴即位してからすでに六年を経たが、この六年の間に慎重に擇び試みて、藤原夫人を皇后とする、⑵わが祖母天皇（元明天皇）が安宿媛を朕に賜える日にいわれた言葉に、父である大臣（藤原不比等）の朕を補翼奉仕する出精ぶりは忘れがたいところであり、藤原夫人に過失がなければ見捨て顧みざることなかれとあった、⑶臣下の娘を皇后とするのは朕の時のみではなく、仁徳天皇は葛城曽豆比古の娘の伊波乃比売命を皇后とされた例があることが強調されていた。

天平という年号は、聖武天皇の代に二十年あまり使われて天平感宝となる。ついで孝謙天皇の代の天平勝宝・天平宝字（淳仁天皇の代も）、さらに称徳天皇（孝謙天皇重祚）の天平神護とつづく。したがって、八世紀の奈良時代は天平時代などともよばれることとなったが、その実相は「天平」の時代ではなく、「天平貴平治百年」の期待ははずれて、「非天平」の政争と争乱が渦巻いた時代となった。

『万葉集』をひもとくたびに実感するのは、その新興藤原氏の人びとの歌があまりにも少ないことである。藤原不比等の漢詩は、『懐風藻』に五首あるけれども、『万葉集』の題詞に二ヵ所その名はみえてもその作歌はまったくない。藤原不比等の四人の息子たちはどうか。長男の武智麻呂（南家）の歌は一首もみえず、次男房前（北家）の漢詩は『懐風藻』には三首収められているが、その歌は『万葉集』にわずか一首しかない。三男宇合《うまかい》（式家）の漢詩は『懐風藻』に六首あって、『万葉集』にも六首を載せ、四男の麻呂（京家）の漢詩は『懐風藻』に五首みえて、『万葉集』に十首を伝える。なお房前（北家）の三男の八束《やつか》の歌は八首も収めるのに対して、安宿媛（光明皇后）の歌は一首、南家の武智麻呂の次男仲麻呂（恵美押勝）の歌は二首であった。(6)

『万葉集』に藤原氏の歌が全くないわけではない。宇合の歌は六首、麻呂の歌は十首、家持と親交のあった八束の歌は八首も載っている。それなのに、藤原南家を中心とする歌は、なぜ『万葉集』に少ないのか。そこには編集者の意図がそれなりに秘められていたとみなすべきではないか。

四　家持の欝結

万葉の世紀の政争と『万葉集』との関係を物語るひとつのできごとに、安積《あさか》親王をめぐる大伴家持らの動向がある。藤原氏の画策と大伴家持の心情が交錯する一齣《ひとこま》といってよい。

天平十年（七三八）の一月十三日、聖武天皇と安宿媛（光明皇后）との間に生まれた阿倍内親王（後の孝謙天皇）が皇太子となった。未曽有の女性皇太子の出現であった。だが最初から女性皇太子に阿倍内親王が予定されていたわけではない。神亀四年（七二七）の九月二十九日、待望の皇子が聖武天皇と安宿媛との間に誕生した。天皇・安宿媛はもとより藤原一門の喜びは同年十一月二日に生後一ヵ月あまりの赤ちゃんを皇太子に擁立したのにもはっきりと反映されている。このような赤ん坊皇太子はかつて例がない。この基皇太子は左京の藤原邸で養育されていたが、十一月十四日には大納言多治比池守《たじひのいけもり》が百官を率いて拝謁している(7)。

しかし翌年の九月十三日、藤原一門の待望も空しく基皇子は病死した。しかも皮肉なことに赤ん坊皇太子がなくなったその年（七二八）に、県犬養広刀自《あがたいぬかいのひろとじ》夫人が聖武天皇の皇子安積親王を生んだ。その翌年の八月十日、安宿媛はすでに皇后となっており、広刀自夫人の身分よりははるかに高い。とはいっても安積親王は聖武天皇にとっての唯一の嫡男であった。藤原氏がその去就を警戒していたことは事実であった。

皇親の左大臣長屋王を謀殺し、さらに安宿媛の立后を急いだひとつの理由には、安積親王を皇位継承の枠組みから疎外しようとする動きもあったと思われる。天平三年（七三一）には、日本の兵船三百艘が新羅の東辺に侵入して撃退され、天平九年の四月には伊勢神宮・大神《おおみわ》神社・筑紫の住吉社・宇佐八幡宮・香椎宮に奉幣して「新羅無礼の状」を報告するというように対新羅関係は悪化していた。

国際関係の緊張ばかりではない。天平六年の四月と九月には大地震があり、天平七年には九州から天然痘が流行する。天平八年・九年には凶作がつづき、天平九年五月十九日の詔では「四月以来、疫旱（疫病とひでり）並びに行はれて、田苗憔萎《しょうい》す、是に由りて山川に祈禱して神祇を奠祭すれども、未だ効験を得ず」と、神祇不信が表明されたほどであった。

しかも天然痘の大流行のなかで天平九年の四月には民部卿藤原房前が、同年七月には右大臣藤原武智麻呂・兵部卿藤原麻呂が、同年八月には式部卿藤原宇合があいついで急死した。光明皇后が頼みにしたのは橘諸兄《たちばなのもろえ》であった。安宿媛の母である県犬養三千代は、さきに美努王《みぬ》（敏達大王の曽孫）へとついで葛城王（橘諸兄）を生み、ついで藤原不比等に嫁して安宿媛を生んでいる。諸兄と安宿媛は同母の兄姉関係になる。藤原四卿の死後ただちに諸兄は大納言に抜擢され、天平十年の一月十三日には正三位・右大臣に就任した。

このような状況のもとで、天平十年の一月十三日に阿倍内親王が皇太子となり、さらに天平十五年の五月五日には、恭仁宮の宮中で、阿倍皇太子みずからが五節《ごせち》の舞を群臣のいならぶなかで舞った。しかも聖武天皇から、元正太上天皇への宣命があり、それに答えての元正太上天皇の宣命があるという念のいれようであった。その恭仁宮での五節の演舞は皇位の継承者が阿倍内親王であることを内外に誇示するものであったといってよい(8)。時に阿倍内親王は二十六歳であり、安積親王は十六歳であった。

その安積親王と大伴家持は親交があった。それがたしかな史実であったことは、『万葉集』の巻六のつぎの歌の題詞にも明らかである。

安積皇子の左少辨藤原八束の家に宴する日、内舎人大伴宿禰家持の作る歌一首

ひさかたの雨は零り頻《し》け念《おも》ふ子の宿に今夜は明して行かむ　（一〇四〇）

藤原八束は前にもふれたように房前の三男で、当時正五位上右衛士督であり、八束と家持とは天平八年のころから交友関係があった。その八束の家での宴に安積親王は正客として招かれ、家持もその客のひとりとして同席したのであろう。この歌がいつの歌か、年次を明記していないが、歌の配列から考えると、天平十五年八月十六日に久邇（恭仁）京を讃《ほ》めて作る歌（一〇三七）を詠んでから同年末までの宴の日の作歌であろう。そのころに家持が安積親王と親交があったことはまちがいない。

すでに阿倍内親王は皇太子となり、天平十五年の五月には恭仁宮中で五節の舞を舞っている。家持たちの安積親王への想いがいかなるものであったか。不遇の安積親王への将来へのなんらかの期待を寄せていたにちがいない。そして安積親王への藤原八束や家持らの接近は、光明皇后や当時しだいに実力をたくわえつつあった藤原仲麻呂たちの意向にそわぬ行為であった。

『万葉集』には天平十六年正月十一日、「活道《いくぢ》の岡に登り、一株の松の下に集ひて飲《うたげ》する歌二

首」が載っている。活道の岡は、家持の安積親王への挽歌に活道山とあり、安積親王の別業《なりどころ》があったところであった。安積親王の活道山行のおりの親王をかこむ宴のさいの歌として『万葉集』には市原王（志貴皇子の曽孫で安貴王の子）と家持の歌が収められている。

活道の岡の宴のあと、閏正月十一日、聖武天皇は難波宮に行幸した。安積親王はその行幸に随行したが、河内の桜井の行宮で「脚病（脚気衝心か）」となり、恭仁宮へ帰って十三日になくなる。この急死については、藤原仲麻呂らによる毒殺説もあるが確証はない。葬儀は恭仁宮のあたりで行なわれ、大市王・紀飯麻呂《きのいいまろ》らが喪事を監護して、和束山《わつかやま》に葬られた。大伴家持もその葬儀には加わっていたと思われる。

家持は同年の二月三日に三首、三月二十四日に三首、それぞれ安積親王の挽歌を詠んでいるが、

二月三日の反歌

あしびきの山さへ光り咲く花の散りぬるごときわご王《おおきみ》かも　（四七七）

三月二十四日の反歌

大伴の名に負ふ靭帯《お》びて万代《よろずよ》に憑《たの》みし心何処《いづく》か寄せむ　（四八〇）

にも、家持の情感がみごとに凝集している。三日の長歌に、安積親王に仕える廷臣たちを「わが王《おおきみ》　皇子《みこ》の命《みこと》　もののふの　八十《やそ》伴男《とものお》（四七八）」と歌いあげるそのますらおぶりは、大化前代の〝伴造《とものみやつこ》〟以来の伝統にねざす〝大伴の名に負ふ〟大伴家門への自覚と重なる。

若年の内舎人家持の歌いぶりに、後年の家持の歌ごころの資質をみいだすことができる。

藤原不比等の長男武智麻呂その子仲麻呂、いわゆる南家藤原氏との対立の道をたどった家持は、藤原八束を介して安積親王との親交を重ねた。同じ藤原氏でも、孤立化の道をたどった宇合（式家）などには好意をいだいていたのかもしれない。不比等や武智麻呂の歌が『万葉集』に一首もみえず、仲麻呂の歌がわずかに二首というのも、それなりの意味があったといえよう。『万葉集』には、安積親王の挽歌を詠んだ後の家持の心境を伝える歌がある。それは天平十六年の四月五日に「独り平城《なら》の旧き宅に居りて作れる歌六首」である。その「独り」が安積親王を失ったことを示しての「独り」であり、その六首のうちの三首にタチバナが詠みこまれている。そのタチバナが、「橘諸兄を背後にもったタチバナであった」とみなす説[9]は鋭い解釈である。そもそも家持の歌には政治とのかかわりが深い。

とりわけ大伴家持の後年における〝ますらわれ〟の矜持は、万葉の世紀の政争や争乱とのつながりをもつ。天平勝宝八年（七五六）の五月二日、聖武太上天皇が崩去、そして同月十日、出雲守大伴古慈斐《こしひ》が淡海三船《おおみのみふね》の讒言《ざんげん》によって任を解かれたおりに詠んだ家持の〝族に喩す歌〟（四四六五・四四六六・四四六七）のあの大伴一族危機のおりの悲痛の訴え、その歌の内実をかえりみても、家持の面目が浮かびあがってくる。

『万葉集』は「天平貴平」の世のたんなるロマンの歌集ではない。非天平の政争と争乱がその背景をいろどり、そのなかを生きる人間模様の楽しみと悲しみ・愛と喜びの歌声が、人びとの胸にこだますのである。その故にこそ永遠の調べとして、『万葉集』は今もなお生きつづくのであろう。

[注]

（1）県・県主制については「国県制の実態とその本質」（『歴史学研究』二三〇号ほかで論証した。
（2）上田正昭「古代史と辛亥銘鉄剣」（『古代日本と東アジア』所収、小学館、一九九一年）
（3）大伴家持については「大伴の門と家持」（『国文学―解釈と鑑賞』一九七六年四月号）、『上田正昭著作集』V・第一章の一（第7巻、角川書店、一九九九年）で論究した。
（4）黒作懸佩刀にかんする記述についての私見は『藤原不比等』（朝日新聞社、一九八六年）で論述した。
（5）上田正昭『大仏開眼』（文英堂、一九六八年）、同「天平の争乱」（『戦乱日本の歴史』(1)所収、小学館、一九七六年）。
（6）『万葉集』に房前の四男の清河の歌は二首、宇合の次男の宿奈麻呂は一首、房前の次男の永手は一首、仲麻呂の息子の久須麻呂は二首であった。
（7）基王（『本朝皇胤紹運録』）については、某王の誤写とする説がある。
（8）上田正昭『女帝』（講談社現代新書、一九七一年）。
（9）中西進『大伴家持』2（角川書店、一九九四年）。

万葉時代の国際化

樋口隆康

樋口隆康
（ひぐちたかやす）
1919年福岡県生まれ。京都大学大学院修了。京都大学名誉教授。奈良県立橿原考古学研究所所長。泉屋博古館館長。なら・シルクロード博記念国際交流財団シルクロード学研究センター所長。
著書に『日本人はどこから来たか』（講談社現代新書）、『バーミヤンの石窟』（同朋社）、『シルクロード考古学1〜5』（法蔵館）、『大陸からみた古代日本』（学生社）、『三角縁神獣鏡綜鑑』（新潮社）、『始皇帝を掘る』（学生社）ほか多数。

万葉集の時代は大化改新（645年）から天平宝字三年（759）までのことであるが、国際的には遣唐使の派遣（630—759年）の時代とほぼ重なっている。いわば国際交流が活発に行われていた時代と言ってもいい。

一　遣唐使の時代

万葉集の時代は大化改新（六四五年）から天平宝字三年（七五九）までのことであるが、国際的には遣唐使の派遣（六三〇—七五九年）の時代とほぼ重なっている。いわば国際交流が活発に行われていた時代と言ってもいい。遣唐使に従って多くの留学生、留学僧が中国へ渡り、中国から多くのものを学んで、日本へ伝えた。律令制をはじめ、仏教文化、儒教文化のみでなく、当時中国がシルクロードを通じて西方諸国との交際交流を進めていたので、それらの影響も強く受けた。とくに、インド、ペルシア、ゾグドなどの諸文化が中国の唐文化に大量に取り入れられている。それらが日本へも伝えられたのである。併し、単に留学生達だけがそれらを持ち帰ったのではなく、中国、朝鮮から多くの渡来人が日本へやって来た。その中には遠くシルクロードの国々からやって来た人も含まれており、彼らが将来したものもある。

飛鳥・奈良時代の外来文化の証拠はいろいろあるが、その中から、特に注目すべきものを取り上げてみよう。

二　高松塚とキトラ古墳

昭和四七年（一九七二）に高松塚が発見されたことは、日本の考古学にとって、きわめて、劃期的なことであった。壁画という具体的な資料によって、古代研究に活気がでたと言うだけではなく、地下に埋もれている文化遺産に対する国民の関心が高まり、日陰者であった考古学が俄に脚光を浴び、この墓を発掘した橿原考古学研究所が一躍有名になり、明日香村の観光が増えた。

高松塚[1]は飛鳥の檜前の地にあるが、小型の円墳で、径一八m、高五mしかない。内部の主体は凝灰岩の切石を組み立てた横口式石槨で、その内壁に四神図や男女の宮廷人、日月星辰などが描かれていた。槨室内には漆塗木棺があり、副葬品も海獣葡萄鏡や刀装具などが残っていた。但し、四神図のうち朱雀の絵だけがなかった。

高松塚の年代は七世紀末から八世紀初頭の間とされたが、これは副葬品の海獣葡萄鏡[2]の年代から推測できた。高松塚出土と同型の鏡が中国のその頃の古墳から出土していたからである。即ち、西安十里鋪三三七号墓は副葬の三彩陶から八世紀初頭の墓であり、西安独孤思貞墓は神功二年（六九八）の墓誌銘があったからである。日本の古墳の壁画としては、五、六世紀代の九州の装飾古墳があるが、高松塚の壁画はそれと全く趣が違うのである。

高松塚古墳の壁画の源流に関しては、四神図で有名な高句麗古墳の影響とする説と、人物像のスタイルから唐代壁画古墳の影響とする説とがあった。高句麗は六六八年に滅んでおり、直接の影響は無理である。

唐墓には四神図も男女の群像もある。四神図は、日本では薬師寺の本尊、薬師如来像の台座にある。神仙思想のデザインが仏教寺院に施されているのは珍しいが、日本人にとっては、両者は共に外来のものであり、両者を併用することには大して抵抗は無かったであろう。

当時は遣唐使の派遣によって、唐との直接交流が始まり、特に天武天皇以後は唐風化が急速に進み、官僚制や都城計画が唐から直輸入された。高松塚古墳の壁画の人物画は葬送の儀礼と言うよりは、元旦の朝賀の儀式を描いたとする岸俊男説が有力であり、西安の唐永泰公主墓の壁画に近いことが理解される。

このような素晴らしい壁画を持った古墳の被葬者は誰であろうか。一般の関心はその点に集中し、歴史学者や好事家達は、文献に出てくる人物から、最も相応しい人名をいろいろ挙げているが、確かな証拠はない。飛鳥時代の墓の被葬者は全て文献に名前が記されていると考えるのが無理であって、墓誌銘か副葬品に名前が書かれてない限り不明である。どんなに優れた考証よりも、書かれた名前があるという事実の方が確かなのである。

高松塚のある檜隅《ひのくま》の地は、渡来系の東漢氏《やまとのあやうじ》とか新漢《いまきのあや》人の居住地とされている。

東漢氏の祖先は応神紀二十年の条にある阿知使主《あちのおみ》で、「倭漢直の祖、阿知使主が子の都加使主と共に、己の党類十七県の人を連れて渡来した」とある。また、続日本紀第三八の桓武天皇延暦四年六月の坂上大忌寸苅田麻呂の上言には「臣等は東漢霊帝の曽孫阿智王（阿知使主のこと）の後裔である。漢から魏に遷った時、帯方に行き、後、東国に聖主あると聞き、来朝、帰化した。」とあり、更に、続日本紀第三二の光仁紀宝亀三年四月の坂上苅田麻呂の上言にも「先祖阿智使主は十七県人夫を率いて帰化し、高市郡檜前村を賜って此処に居す」とある。即ち、東漢氏は譬え朝鮮から日本へ渡来してきたとしても、本来は漢人であったと見ることが出来る。また、天寿国繡帳の下絵を描いた「東漢末賢」という人名があったり、飛鳥寺の露盤銘に「山東漢大費直、名は麻高垢鬼」という名前もある。漢の字を名前に付けたのは、中国系人の祖国に対する意識の現れであろう(3)。

最近発見されたキトラ古墳(4)も重要である。高松塚の南にあり、同じ様な小型の円墳である。径一三・八m、高三・三m。まだ発掘されて無く、覗き見しただけであるが、主体も同じ横口式石槨で、内壁に四神図と星宿図の有ることが確認された。高松塚のような人物画ははっきりしないが、高松塚には無かった朱雀の絵や十二支像らしきものが見つかった。

高松塚とキトラ古墳のような四神図と宮廷人を描いた壁画は明日香にしか無く、これこそ渡来人の東漢氏の誰かの墓と見るのが最も相応しいと私は思っている。

同じような壁画古墳がまだ地下に存在するであろうという期待も持たせてくれた。

三　正倉院の宝物

万葉時代の国際化を最もよく示しているのは、正倉院宝物(5)であろう。これは聖武天皇御遺愛の品を東大寺大仏に奉納されたものが主であって、八世紀の文物が地下に埋没されないで、現代まで伝世したのは稀有の例である。今日では、唐代の文物は中国にも大量にあるが、中国の考古発掘がまだ盛んでなかった二〇世紀の前半までは、唐代の文物と言えば、正倉院宝物がその代表であったのである。

当時はシルクロードを通じて国際交流が特に進んだ時代で、正倉院の文物には唐や新羅の文化は勿論、世界各地の文化の影響が認められる。その中には西方のイラン、トルコの製品が直接日本へ伝えられた物もあれば、それらが先ず中国へ輸入されて、その影響を受けて作られた中国製品が、日本へ輸入された物もある。勿論中国の伝統的文化を受け継いだ唐の文物もある。更に、日本製品の中にも、日本の伝統的文物もあれば、外国の文化の影響を受けて日本で作った物もある。その製作地を同定することは決して容易ではない。まして、後進国日本の技術レベルが上がって、先進国中国に近づいてくると、どちらの製品かと決めがたい物がある。その中で、製作地が比較的明らかなものを挙げてみよう。

まず、西方ペルシアの製品が日本へ伝えられた物としては白瑠璃碗と瓶がある。安閑天皇陵出土と伝えられる同型の碗と共に、同類が北部イランのギラーン州から多数出土しており、ここで製作されたと見られている。これらはイランのガラスと同じアルカリ石灰ガラスである。ところが同じガラスでも、紺瑠璃杯や十二曲長杯は鉛ガラスで、中国製である。

西方の文物の形を真似た中国製品としては漆胡瓶があり、類例は唐の永泰公主墓の壁画にある。

金銀花盤は六花形の浅い銀盤で、周縁に色玉を連結した垂飾を付け、下に三脚を付けている。盤面には中心に花枝鹿文、その周囲に花文を鍍金で現している。盤裏には「宇字号二尺盤一面……」の刻銘がある。これは類品が中国や中央アジアから数点出ている。花枝鹿文は河北省寛城県大野峪村出土の鍍金銀盤、遼寧省昭烏達盟喀喇沁旗錦山」出土の銀盤、タタール自治共和国レピョフカ村出土の鹿文銀盤、キーロフ州トウルシェヴァ村出土の銀壺などにあり、鹿はソグド神のシンボルと言われている。また、陝西省燿県柳林背陰村出土の銀碗に「宣徽酒坊宇字号」の刻銘があり、正倉院の金銀花盤と同じ「宇字号」は千字文の「五番目」の文字の意味で、本器が中国製であることの証拠となる。

大型の狩猟文銀壺は丸底の壺に置台を付けたもので、銅部に描かれた狩猟文は、魚々子《ななこ》地に鳥、蝶、花、草などの文様を散らした間に、十二人の騎馬人物が猪、鹿、羊、兎を狩りしている。特に、騎馬のまま顧首して後の動物を射ておる姿は、ササンの銀皿に描かれた〝狩りをするシャプールII世〃の文様と極めて一致するものであり、パルチャンショット（Parthian shot）と呼ばれてイラン特有の文様である。

この銀壺には「東大寺銀壺……天平神護三年二月四日」の刻銘がある。これは称徳天皇が東大寺に参拝された日に当たっており、銘は奉献された日を録したもので、製作の記録ではない。このような大型の壺は中国に例がないので、日本製という説もあるが、作柄から見て、中国の長安城興化坊出土の高足銀杯⑹の狩猟文に近く、中国で製作されたと見る方が良さそうである。

正倉院には鏡は56面ある。それらには、中国の伝統的な青銅鏡に葡萄唐草文や天馬、獅子、犀などの珍獣、花喰鳥文のような西方的文様を施したものがある以外に、銀貼り、金銀平脱、螺鈿、七宝などの特殊な技法を使った宝飾背鏡がある。また、同文の鏡も多い。

海獣葡萄鏡は五面あるが、何れも優品で、径二九・五㎝の円鏡は香取神宮蔵鏡と同形である。

鳥獣花背円鏡は径四七・五㎝の大きさがあり、鳳凰、獅子、鴛鴦などの文様がある。これによく似た鏡がトルコのイスタンブールのトプカピ宮殿にある。径が六三・六㎝もあり、パレスチナのハラム出土と言われている。その他に、径が四〇—六〇㎝を越える大型鏡が、鳥獣花背八角鏡（北倉四二の一号）の径六四・五㎝をはじめ、七面ある。その出来具合は中国鏡的だが、中国鏡にはこのような大型鏡は例がない。中国で知られている現在最大の鏡は、歴史博物館所蔵の伝鄭州出土の金銀平脱羽人花鳥文八花鏡が径三六・五㎝である。これらの大型鏡は正倉院向きに特別造った中国鏡なのか、それとも日本製なのか、証拠がない。

宝飾背鏡も正倉院の圧巻である。螺鈿鏡は九面もあり、特に径三九・五㎝の鏡は、白い螺鈿で花弁形の文様を散らした間に獅子、双鳥、犀などを左右に対置させ、その間に玳瑁と琥珀を嵌め、地にはトルコ石やラピスラズリを埋めている。

七宝鏡は正倉院では黄金瑠璃鈿背十二陵鏡一面で、中国にもない唯一の資料である。七宝とはガラス質の釉を金属器や陶器の面に焼き付けて、装飾としたもので、エナメルのことである。鏡体は厚い銀板を十二稜形に切り、鏡背に六弁の宝相華文を三重に配し、各弁の文様の細部を銀の板帯で囲いし、それぞれに黄色、薄緑、濃緑の三色の七宝釉を焼き付けている。最外側の弁間には、最粒文を打ち出した三角形の金板を嵌めている。珍品である。

正倉院には文様の全くないいわゆる漫背鏡と言うのが九面ある。これらは砒素を特別含んでいるので、日本製と見られている。

羊木臈纈染屏風[7]は象木臈纈染屏風と共にササン朝ペルシアの樹下動物文の系譜を引くものと、昔から言われており、その樹間や岩間に猿や子鹿、猪などが隠し絵のように表されている。伊藤義教氏は中世ペルシアの文献を使って、善悪の争いに出てくる様々の図像がこの絵の中に隠されていると絵解きをしている。それは兎も角として、私は羊の胴体が黒い三角文で埋められているのが、かねてから不思議に思っていた。今度、テヘランの国立博物館のイスラム館を観た時、イスラム初期のデザイン動物や植物の体が三角文で埋められているのを見て、おどろいた。イランの影響は間違いなかったのである。私は嘗て正倉院文物にはササンの影響はあるが、イスラム文化の影響のないことが不思議だと書いたことがある。イスラム文化が既に日本へ入

漆胡瓶《しつこへい》　高さ 41.3 cm（北倉）

羊木臈纈屏風《ひつじきろうけちのびょうぶ》（部分）
縦 163.5 cm　幅 56.5 cm（北倉）

っていたことを知って、ようやく納得出来た。

中国的文物である絹織物には、葡萄唐草文、連珠圏文、ペガサス、ラクダ、サイ、ゾウ、シシ、咋鳥文、などの西方的文様を持ったものが多い。また、法隆寺にある獅子狩文錦がイランスタイルの連珠圏文のデザインであることは説明するまでもあるまい。

正倉院宝物のなかには日本製品もあるが、それらに外来の素材を使ったものがあり、その大半は海のルートを通って来たものが多い。インドから来た犀角は杯、如意、帯、鞘などに使われており、象牙は撥鏤尺、木箱に、玳瑁は御杖や如意に、琥珀は数珠に、ラピスラズリは玉帯や如意や顔料に使われた。特に、紫檀、白檀などの檀木は阮咸、琵琶、双六局、碁局、挟軾などに使われた。

三彩陶器は近年まで中国製三彩の貴重なサンプルと見られていた。当時は中国に唐三彩の資料がすくなかったからである。ところがスェーデン皇太子が正倉院の宝物をご覧になられて、「これらは中国の三彩と違う」と指摘され、一方、中国での考古発掘が始まり、三彩陶器の資料が増えてくると、正倉院の三彩は素材が違うことが解り、日本製品だといわれるようになった。

四　ペルシア人の渡来

その頃は外国から多くの人が渡ってきた。百済・新羅・唐はもちろん、波斯《ペルシャ》国人の渡来などが日本書紀に記されている。

イラン研究の専門家、伊藤義教氏[8]や井本英一氏らの説によると、日本の最古の歴史書『日本書紀』には、イラン人が古代日本へ渡来したのではないかという記録がある。漢字で表記された人名を中世ペルシア語詞に当てはめることが出来ると言うのである。

敏達天皇紀十三年（五八四）に出てくる鞍部村主の司馬達等はSya span家のDil Tabと訳され、娘の嶋は出家して善信尼という。また用明紀二年（五八七）に出ている達等の子の多須奈はTars nayと読める。推古紀十四年（六〇六）に出てくる孫の鞍作鳥はTuran、トゥーラーン地方の非ゾロアスター教徒である。

推古紀二十年（六一二）、百済から送られてきた人は、面身に白斑のある異人で、路子工rah-askar（また芝耆摩呂）と呼ばれ、造園に巧みで、須彌山石や呉橋を南庭に作らせた。崇峻天皇元年（五八八）百済から僧と仏舎利を献上したとき、寺工太良未太（Dara Mitrdad）、文賈（Binkar）古子（Kos）、鑪盤博士将徳白昧淳（Paymizne）、瓦博士麻奈文奴（Man-na-hunban）、陽貴文（ayin-xumb）、陵貴文（rang-xumb）、昔麻帝彌（Saman om）、画工白加（Paykar）が日本にやって来て、馬子が彼等に法興寺を造らせた。

孝徳天皇の白雉五年（六五四）夏四月に「吐火羅国の男二人、女二人、舎衛の女一人が風に流されて、日向に漂着した。」

斉明天皇三年（六五七）七月三日の条に「覩貨邏国男二人、女四人が筑紫に漂着した。」その時に「須彌山像を飛鳥寺の西に作って、盂蘭盆会を設けて、暮れにトカラの人を饗応した。」同五年三月十日にも「吐火羅人が妻の舎衛婦人共に来たり、目標の丘の東の川上に須彌山を作って陸奥と越と蝦夷を饗応し」、同六年五月には「石上池辺に須彌山を作って、粛慎人を饗応した」とある。盂蘭盆といえば一般には仏教の行事かとおもっているが、井本氏によると、盂蘭盆とは梵語ではなく、イラン語で、祖霊が新春にあの世からくるのを迎え、秋に送るための行事で、祖霊はこの世の生者に生命力を与えた。外から渡来した異邦人はあの世からきた祖霊と同じように活力をもたらす福徳の神と見なされたのである。渡来人を盂蘭盆会を設けて供応したのは、そのような意味であった。

その須彌山像が飛鳥川の畔から出土している。飛鳥資料館にある石像をみると、博山の形をした石が3段積まれているが、もとは5段だったともいわれており、中に水の通る孔が通じていて、吸い上げた水が溢れ出るようになっている。須彌山はインド人が世界の中央に聳える霊峰とした山で、イラーン人がダーイテーの峰と言う山と同じ。使者の魂は冥界へのチンワント の橋を渡り、善魂は天国へ送られ、悪魂は地獄へ落された。

次に、吐火羅、覩貨邏であるが、これは伝統的にはトカラ（Tokhara）即ち、中央アジアのトハリスターンであるといわれている。オクサス河流域である。そして斉明紀六年に「トカラ人乾豆波斯達阿が本土に帰らんと欲して、必ず戻ってきますから、その証として妻を残しておきますと言って、西海の道へ入って行った。」とあるが、その人の名は「クンドウズ在住のペルシア人のダーラーイ（Daray）」と訳され、ゾロアスター教徒だと言われている。またトカラはタイにあった昔の「ドヴァラヴァティ」王国のことだという説もある。

次は舎衛であるが、一般にはインドの舎衛国即ちシュラーヴァスティではないかと言われている。併し伊藤氏は「舎衛の女」とはイラーンの「シャーフ（王）の娘」の事であると言っている。また前述の斉明天皇五年に来た「舎衛婦人」とは「シャーフの夫人、王妃」のことである。また、天武天皇紀四年（六七六）正月朔日、「舎衛女、堕羅女の母娘が珍異等物を献上した」の「堕羅女」は「ダーラーイの娘」の意であるとしている。

天平八年（七三六）波斯人李密翳（Ramyar）が渡来したが、彼はマニ教徒か？ また、中国の名僧鑑真（六八八―七六三）は江蘇省揚州からの船旅に何回も失敗して、ようやく天平勝宝六年（七五四）日本へ渡来して来たが、その時揚州にいた多くの工人を連れて来た。如宝（ニャー・パーウ Niya-Pav）もその一人で、その揚州にはペルシャやアラビア商人がたくさん居たという。この様な渡来人達が奈良文化に多くの影響を与えたのである。

明日香には不可思議な石造物が多い。(9) 先に挙げた須彌山石を初め、老男女の石人像、酒船石、猿石、亀石、更に出水の酒船石もある。酒船石は酒造り、灯油造り、或いは秘薬ハオマ（草木の液汁で麻酔性飲料）を作る装置ではないかと言われている。ハオマはゾロアスター教徒が聖なる液としたものである。不老長寿の薬、中枢神経を興奮させ、身体に生気をあたえる。

最近、酒船石の山裾で、亀の形の石の水槽が発見された。周囲に石段、石敷き、黄色の天理石の水路などがあり、水に関係した行場と思われるが、亀の形がいかにも大らかで、猿石などの彫刻と同じ趣である。最も近いのは中宮寺の天寿国曼陀羅繍帳の亀の図であろう。推古三十年に聖徳太子が薨去されたとき、妃の橘大郎女が太子往生の状を図像によりて見まつらんとして作らせたといわれ、下絵は画者東漢末賢・高霊加西溢・漢奴加己利らが描いたと、「上宮聖徳法王帝説」に書かれている。以上から見ても恐らくペルシアからの渡来人の作ではないかと思われる。これらの彫刻は外国の貴賓をもてなす庭園の飾りではないかとみられており、飛鳥の都京に関係した苑池が幾つか見つかっている。

井本氏によれば、明日香に多い石像は境界石で、ギリシア神話のヘルメスは境界の神で、男根を付けた方形の石柱を境界に立てるとされ、亀がヘルメスの象徴と言われている。明日香の亀がヘルメスと関係があるのか、それは知らない。

出水の酒船石(10)と呼ばれた遺跡もその一つである。ここは飛鳥浄御原宮かと言われる京跡の北西隅に近い、飛鳥川右岸に位置しており、大正五年に導水用の石造物が発見された所である。最近、橿原考古学研究所が発掘したところ、飛鳥時代の苑池が発見され、『日本書紀』の天武天皇十四年十一月の条にみえる「白錦後苑」ではないかと言われている。ここからも、導水管や水槽などの石造物が出土した。

狂人渠かと言われている運河の跡も発見されている。飛鳥寺の東側を通って、酒船石の或山の東側までのびており、溝の幅は一〇m、深さ一・三mあるという。

狂人渠《たぶれこころのみぞ》とは斉明天皇紀二年（六五六）の条にあり、飛鳥の香久山の西から石上の山まで、渠（水路）を掘って、船二百艘に石上山の石を運び、宮の垣を作らせた。渠はカアス即ちカナートのことと言われている。イランやアフガニスタンで砂漠の地下にトンネルを掘って、水を蒸発しないように遠くへ送る施設である。

東大寺二月堂の修二会は春を迎える行事として知られているが、それにはイラン的要素がいろいろ見られるという。三月一三日未明に行われるお水取りは、お堂の下にある閼伽井から霊水を汲み上げて、本尊に供える行事であるが、その水は若狭（福井県）遠敷郡明神の水を地下で引いて来たもので、カナートだといわれている。また大松明を燃やして、堂の廊下を駆けめぐる達陀《だったん》の行事はゾロアスター教の火の浄化と関係がある。

【注】

（1）橿原考古学研究所編『壁画古墳高松塚』奈良県教育委員会・明日香村　一九七二

（2）樋口隆康「海獣葡萄鏡論」橿原考古学研究所論集創立三五周年記念　一九七六
王仲殊「高松塚古墳の年代と被葬者に就いて」橿原考古学研究所紀要八　一九八二

（3）井上光貞『日本の歴史3　飛鳥の朝廷』小学館　一九七四

（4）明日香村編『キトラ古墳の壁画』飛鳥古京を守る会

（5）正倉院事務所編『正倉院宝物』10巻　毎日新聞社　一九九四―一九九七
（6）陝西省博物館「西安南郊何家村発現唐代窖蔵文物」文物一九七二―1
（7）樋口隆康「古代日本とペルシア」『季刊民族学93号』（財）千里文化財団　二〇〇〇
（8）伊藤義教『ペルシア文化渡来考』岩波書店　一九八〇
井本英一『古代の日本とイラン』学生社　一九八〇
（9）奈良国立文化財研究所飛鳥資料館編『あすかの石造物』　二〇〇〇
松本清張『ペルセポリスから飛鳥へ』日本放送出版協会　一九七九
（10）第16回橿原考古学研究所公開講演会資料「発掘された飛鳥の苑池」　一九九九

万葉びとの祈り
――古代人の宗教観

久保田展弘

久保田展弘
（くぼたのぶひろ）
1941年東京都生まれ。早稲田大学卒。東洋哲学、仏教を学んだ後、宗教の源流・多神教・一神教の概念を探りながら、日本およびアジアの多神教世界、ユダヤ教・キリスト教・イスラーム世界をフィールドワークする。アジア宗教・文化研究所代表。
著書に『山岳霊場巡礼』『修験道・実践宗教の世界』『インド聖地巡礼』『日本宗教とは何か』『聖書はどこから来たか』（以上新潮社）、『週末断食—空腹から見えてくる「空」の思想』（マガジンハウス）、『狂と遊に生きる—一休・良寛』（中央公論新社）など多数。

古代人は、日々の生活空間におけるさまざまな変化、朝夕、季節によって変化してやまないそこに、みずからの内面が呼びさまされ、言葉をつむぎだしていったにちがいない。
もし万葉びとの宗教観をたずねるとすれば、こうして生まれた言葉を信頼し、言葉のもつ霊的な力を信じてやまなかった、彼らの言語観をこそ問わなくてはならないだろう。

一　魂のゆくえを見守る人々

四五〇〇首余の時代背景をたどるなら、万葉集は四世紀末から八世紀半ばすぎまでの、およそ三五〇年のあいだに詠まれた歌の集成ということになる。

仁徳天皇（三一三―三九九）の皇后、磐姫《いわのひめ》の歌と伝説的にいわれる、もっとも古い四首。この作者は『古事記』（以下『記』）や『日本書紀』（以下『書紀』）に登場する葛城襲津彦《かつらぎそつひこ》の娘だが、彼は万葉集「巻十一、二六三九」に歌われる、強弓で知られた伝説的な武将であった。

『記・紀』の記述にしたがえば、葛城襲津彦はすでに四世紀末に日本と新羅のあいだを往還している。のちに天皇家に対抗しうるほどの勢力をもつことになる豪族葛城氏の祖になる彼の行動から、私たちは古代日本人が〝倭国《やまとのくに》〟という国家認識のうちに、東アジアという、海をはさんだ広い地域をふくんでいたことを想像できるだろう。

そして万葉集編集にいたる三五〇年余。ここに歌を詠むという文化意識にどんな変化があったのか、あるいは普遍性が発揮されたのか。作者の明らかな創作歌が登場する斉明天皇の時代以降、およそ百年間に主要歌が詠まれたとすれば、そこには万葉びとのどんな内面が映されているのか。それはどんな宗教観にもとづくものなのか。

だが、六世紀半ばを前後して、仏教をはじめ儒教や道教、陰陽五行説など、外来の宗教がつぎつぎに伝来していたにもかかわらず、万葉集には、たとえば仏教用語によって仏教思想そのものを表わしたような歌は見あたらない。

たしかに人々の観念的な視界は、天から地へ、そして黄泉《よみ》の国へ、さらに海の彼方へとおよんでいた。人間の生と死、死後の魂のゆくえはどうあるのかということへの関心は、つねに現実の世界を中心に、垂直方向、水平方向におよんでいたのである。

ところが万葉びとのこころを広くとらえていたのは、自然のありようひとつひとつをつかさどり、その場所に坐《いま》す神への思いだった。自然に向き合うことが、そこに霊的存在を見ることであるという、この清明な心情こそが、万葉びとの精神活動を支えていたのではないだろうか。

むろん「巻三、四四二」の「膳部王《かしわでのおおきみ》を悼んでつくられた、作者未詳の歌」

世の中に　空しきものを　あらむとぞ　この照る月は　満ち欠けしける

（世の中はむなしいものだと、言わんばかりにこの照る月は、満ち欠けするのだ）

にあるように、無常観をたたえた歌は多い。

私はまず、古代日本人の死と死後に寄せる観念を知りたいと思い、万葉集の挽歌をたどってきた。だが、そこに死者に寄せる深い悲しみはうかがえても、かつて日本人が殯宮《ひんきゅう》儀礼において、死者の再生を願い信じたような観念はもはやうすれていたのである。

国生み神話で知られる伊弉諾尊《いざなぎのみこと》・伊弉冉尊《いざなみのみこと》の殯斂《ひんれん》（もがり）における会話（『書紀』巻第一、神代上）は、たしかに伊弉冉尊の死が、完全な死でないことを語っていた。

死者を正式に埋葬するまでの間、遺体を棺に納め喪屋《もや》内に安置し、近親の人々・大臣《おおおみ》らがさまざまの儀礼をつくして幽魂をなぐさめる習俗としての殯《もがり》。ここでは、死者と生者のあいだにうめ難い断絶はなく、心情的にはよみがえりが期待されていたのである。

『書紀』には、先の伊弉冉尊の殯斂をはじめ、磐姫の皇子のひとり、允恭《いんぎょう》天皇崩御のあとの殯宮、そして欽明天皇崩御（五七一年）のときの殯、さらに敏達天皇崩御（五八五年）の折の殯宮儀礼などが記録されている。

このうち敏達天皇の殯宮儀礼が、その内容をもっとも具体的に明らかにしているだろう。蘇我馬子《そがのうまこ》と物部守屋《もののべのもりや》という、仏教の受容について正面から対立していた二人の大豪族による、パフォーマンスをともなう誄《しのびごと》は、崩御した敏達天皇が完全な死者でないことを暗示していた。

ここでは、死者の魂はまだ肉体から遊離していないと信じられ、儀礼による語りかけが、その魂に通じ、死者がよみがえるかもしれないということが期待されていたにちがいない。

万葉集には、天智天皇崩御の折の殯宮儀礼において額田王によって詠まれたこんな歌が見える。

かからむと　かねて知りせば　大御船《おおみふね》　泊《は》てし泊《と》まりに　標結《しめゆ》はましを　（巻二、一五一）

（こうなるだろうと、前から知っていたら、大君のお船が、泊った湊《みなと》に、標縄《しめなわ》を張っておくのだったのに）

また、草壁皇子の殯宮において、柿本人麻呂が詠んだ長歌には草壁皇子が天下を治めたなら、春の花のように栄え、満月のように見事であろうにと歌い、殯宮を前に途方に暮れている、皇子の宮人たちの様子が述べられている。

ここにはすでに死者の再生を信じる気配はない。ただ、天武天皇崩御のとき、大后が詠んだ歌（巻二、一五九）には、大君の御魂《みたま》が夕方になると神丘の山のもみじをご覧になっているにちがいないと、その魂の在りかを信じる思いがうかがえる。死者にたいし、人々はむしろ抒情的な思いのこもった挽歌を捧げているのである。

ここには、かつて殯宮の場において、懸命に誄を申し述べたときのような、呪術性を帯びた観念はない。あるいはここに、仏教公伝の六世紀半ば以降の年月が、外来交代に敏感な人々に、呪術的観念をのりこえた新しい宗教意識を育んでいたとも考えられる。

むろん「巻九、一八〇四」の、弟の死を悲しんで詠んだ歌にあるように、死者が黄泉の世界へと旅立っていったという、来世を信じる思いは誰のこころにもあり、その意味では記紀神話に流れていた観念は生きていた。

大化改新（六四五年）以降、白村江の戦い、近江への遷都、さらに天智天皇の即位から、壬申の乱（六七二年）をへて、天武天皇による専制政治が確立するにおよんで、王朝を形成する人々にとって、死はつねに身近かにありうべきことだった。
この、ありうべき死への思いが、万葉びとに絶えず魂の行方を観念させたのではないだろうか。

二 大伯皇女と二上山

天武天皇の第四皇子として生まれ、その文筆・詩歌への評価も高かった大津皇子の死くらい、万葉の時代の精神性をうかがわせる事件もない。

才覚にも増してその風貌のたくましさ、人をひきつける心情の熱さに人望のあった皇子が、謀反の罪によって処刑されたことは、期せずして古代日本人の霊魂観をあぶりだすことになった。

草壁皇子の愛人だったらしい石川郎女《いらつめ》との相聞歌（巻二、一〇九）に、奔放で大胆な人間性を吐露して見せる大津皇子。この人が天武天皇崩御のあとの、母のちがう兄弟、草壁皇子の即位に障害があるとして、持続天皇の謀略によって抹殺されたとも考えられるその経緯は、大津皇子の豪放で繊細な短い人生（六六三―六八六）を一層浮彫りにして見せる。皇子の歌に

百伝《ももづた》ふ　磐余《いわれ》の池に鳴く鴨を　今日のみ見てや　雲隠《くもがく》りなむ　（巻三、四一六）

が伝承されている。神武天皇以来、王朝にゆかりの深い磐余にある池に鳴く鴨を、今日だけ見て「死んでゆくのか」と、みずからの死に向き合う皇子への、その姉にあたる大伯皇女《おおくのひめみこ》の思いはさらに凄絶でさえある。

大津皇子の同母姉にあたる皇女は、十四歳のとき、天照大神の御杖代《みつえしろ》として伊勢に派遣され、斎王となるが、皇子は、天武帝崩御の直後、この姉を訪ねている。そして、つかの間のひとときののち、皇子は大和へと帰ってゆくが、皇女はこのとき、

我《わ》が背子《せこ》を　大和へ遣《や》ると　さ夜ふけて　暁露《あかときつゆ》に　我《あ》が立ち濡れし　（巻二、一〇五）

と詠んでいる。

暁の露に立ち濡れたまま弟を見送る皇女の哀切きわまる心情は、もはや奔放で豪気な、剣の使い手へのそれではない。

皇子は帰京のあと、ただちに処刑され、のちにその屍は葛城の二上山に移し葬られることになる。

十二年間、神につかえた伊勢をあとに帰京した大伯皇女は、この二上山を仰ぎ、

うつそみの　人なる我《あれ》や　明日よりは　二上山を　弟《いろせ》と我《あ》が見む　（巻二、一六五）

と詠む。

この世の人である自分は、明日からは二上山を弟として眺めるのかと、慟哭のあとの不思議なこころの静まりとも思える皇女の心境は、二上山を一層霊異ある山として思い浮かべさせるだろう。

だがなぜ、大津皇子の屍は二上山に移葬されたのだろうか。白鳳時代の創建がいわれ、当麻《たいま》曼荼羅と中将姫伝説で知られる当麻寺に近い山道をたどる二上山の、雌岳と並ぶ雄岳（五四〇m）の山上には、葛城二上神社と並んで大津皇子の廟がある。

一説に皇子の廟は山麓にあるともいわれるが、いずれにしても皇子は二上山に葬られたことになる。

鎌倉時代に葛城修行の行場《ぎょうば》として重視されていた二上山だが、山はさらに古くから近隣の人々の祈願の対象だった。

東手の大和高田市から二上山を仰げば、春分と秋分の日に、雄岳・雌岳のちょうど鞍部に日が沈む。ここは落日を拝する霊場で、大和盆地の東に聳え、人々が日の出を仰ぐ神の山三輪山と、宗教的には対《つい》の観念のうちにあったと考えられる。「日の神」太陽信仰と分かちがたい天照大神を祀る伊勢の大神宮は、三輪山のさらに東方に位置しているのだ。

古代文化の中心であった畝傍《うねび》・飛鳥地方から西方の河内へぬける竹内越えと穴虫越えは、二上山の南北をたどっていた。この山越えの道は、古く「大坂の道」とよばれ、万葉集「巻十、二一八五」に

大坂を　我が越え来れば　二上《ふたがみ》に　もみち葉流る　しぐれ降りつつ

の歌が見える。さらに上代の要路が南北に通る二上山には、修験道《しゆげんどう》の祖といわれる役行者（七世紀、天武天皇から文武帝の時代の活動が伝えられている）の練行も伝承されているのである。

しかも二上山の西麓、河内側には聖徳太子をはじめ、敏達、用明、さらに推古、孝徳天皇らの陵《みささぎ》が多い。

飛鳥時代、殯宮儀礼をおえた死者は、竹内越えをたどって、二上山西麓の陵へと向かったのだろうか。

日本史上はじめて、仏教を個の生きかたの規範として学び、同時に儒教、道教などを修得していたと思われる聖徳太子が「世《せ》間《けん》虚《こ》仮《け》　唯《ゆい》仏《ぶつ》是《ぜ》真《しん》」（世のなかはむなしく仮のもので、ただ仏のみが真実である）の言葉をのこしていることは、よく知られている。

政治の世界を離れ、晩年、仏教に深く傾倒したといわれる太子の廟所が、二上山西麓の叡福寺境内にある。西方極楽浄土を説く浄土教は、七世紀に日本へ伝えられたとされているが、太子が小野妹子を派遣して国交を聞いた隋では、六世紀には浄影寺慧《え》遠《おん》らによって『観無量寿経』の疏《しょ》（注釈書）が著わされていた。ここには、極楽往生のための観想が説かれていたのである。太子の二上山西麓への埋葬に、西方浄土への往生が願われてはいなかっただろうか。

二上山西麓に多い天皇陵造営が、もし大和側から見た西方浄土への信仰によるとすれば、大津皇子の山上墓には、限りない意味がこめられていることになるだろう。たとえ皇子であったとしても、謀反の罪によって処刑された人間が、選《よ》りに選《よ》って二上山の山上に移葬され、そこが西方浄土につながる霊場であり、落日が日の出となって復活するその霊地だったとすれば、大津皇子の魂の復活が願われなかったはずはない。

いずれ大津皇子にたいする反逆罪には、意図的な状況設定があったにちがいない。とすれば、皇子に謀反の罪を科し、処刑に追いこんだ側の人間には、死者霊の祟りが強く意識されるだろう。死者の二上山山上への移葬は、皇子の罪が許されただけではなく、死者の魂の復活さえ容認されたことを意味するのではないだろうか。そうでないと、皇子の死者霊が二上山に移葬された意味が不可解なものになるだろう。

大伯皇女が「弟と我が見む」と、二上山を仰いだことは、この意味からその本質をついているといわなくてはならない。弟皇子は落日の果てに、間違いなく復活するのだから。

むろん、万葉集には西方極楽浄土への往生を直截に詠んだ歌は見あたらない。ここにはむしろ、祖霊の国としての常世国《とこよのくに》への関心が数多く詠まれている。紀元前後の在位が伝えられる垂《すい》仁《にん》天皇が、田道間守《たじまもり》を常世国につかわし、非時《ときじく》の香《かく》の木の実（橘）を求めさせた（『記』中巻）とあるように、永遠の生命と豊饒をもたらしてくれる、あの理想郷である。

三　海と山の神仙

日本人に馴染み深い浦島太郎の原話のひとつになる万葉集「巻九、一七四〇」の「水江《みずのえ》の浦《うら》島子《しまこ》を詠む一首」には、釣りに興じて時のたつのも忘れていた浦島子が、海神《わたつみ》の神の娘に偶然出会い、意気投合して契りを結び、常世の国に至ったことが語られている。

常世の国で、浦島子は老いもせず、死ぬこともなく永遠に生きていられるはずだった。ところが、「ほんのちょっとの間、家に帰ってくる」と妻にいって、ふる里墨吉《すみのえ》へ帰った浦島子は、妻からあずかった、開けてはならないといわれた櫛笥《くしげ》（玉手箱）を開けてしまう。すると箱からでた白雲は常世の方へたなびき、驚き叫ぶ浦島子は失神し、挙句の果てに死んでしまったというのである。

ここにいう櫛笥とは、化粧具や装身具を納める容器だが、持主の女性にとっては、自身の霊魂を守り納める神秘の箱でもあった。浦島子は、妻の霊魂と別れることによって、常世の国と永遠の別れをしなければならなかったことになる。

また、天照大神が倭姫命《やまとひめのみこと》に託され、その鎮座の地を求めて巡行するとき、伊勢国にいたって、大神が「この神風の伊勢国は、常世の波がしきりに打ち寄せる、美しい国である」と教えたとは『書紀』「巻第六、垂仁天皇」の項が記すところである。

伊勢には常世の国からの波が打ち寄せられていた。そしてこの理想郷は、中国道教につながる、仙人が住み、不老不死の薬があるといわれた三神山への憧憬と同じ観念のもとにある。中国渤海《ぼっかい》にあったという蓬萊、瀛州《えいしゅう》、方丈。すでに秦《しん》の始皇帝《しこうてい》の時代（前二百年代）に人々のこころをとらえていた、海の彼方の神仙郷である。道教では神仙は神々として仰がれていた。

また、大国主神とともに国づくりに励んだ少名毘古那神《すくなびこな》が、のちに渡って行ったのも常世国だった。さらに、神武東征の一行が熊野の海で暴風に遭遇し、その船が揺れ漂ったとき、稲飯命《いないのみこと》と三毛入野命《みけいりののみこと》とが、海神を恨んで海に身を投げるが、命《みこと》は「波頭を踏んで常世国に行ってしまった」と嘆く。（『書紀』巻第三）

熊野の海は、那智の浜から南海洋上にあるといわれた観音菩薩の浄土・補陀落《ふだらく》（ポータラカ）への渡海があったことで知られている。平安から江戸時代におよんで、小さな箱舟が補陀落を目指したことは「熊野那智参詣曼荼羅」にも明らかだが、こうした実践的な仏教信仰の持続は、古来の常世国への憧れと連動した行為としてとらえなくてはならない。

そして万葉集にしばしば登場する吉野山は、古くから水分山《みくまりやま》として根強い信仰を集めていた。大和の水源地として、流水の分配をつかさどる水分神を祀るこの山は、日本の水神信仰の原点の位置にある。

万葉集「巻七、一一三〇」では「神さぶる　岩根《いわね》こごしき　み吉野の　水分山を　見れば悲しも」と、神々しいばかりに岩の切りたった吉野の水分山が歌われている。また、この歌と並んで「皆人《みなひと》の　恋ふるみ吉野　今日見れば　うべも恋ひけり　山川清み」とも詠まれている。ここには、人々が慕ってやまない吉野に来てみた作者の「慕うのも無理はない、山も川も清いから」という感嘆の声さえ聞こえてくる。

藤原道長が寛弘四年（一〇〇七）銘の経筒を埋納した金峯山《きんぷせん》は、吉野山から山上が岳（一七一九m）にかけてを指していうが、古く水分神は、現在の水分神社からさらに登った青根ヶ峯（八五八m）の山頂近くにあった。ここに国家的な祈雨・止雨のための奉幣がなされ、風雨の順調であることが祈願されたのである。

現在の地に遷座されたのは平安時代のはじめと推定されている。おそらく当時すでに、丹生川、音無川、秋野川さらに象《きさ》の小川の源流になる、いわば吉野水系の源点になる聖地への信仰が、金峯山修験の初期の活動とともに広まっていたと考えられる。

平安後期から鎌倉時代のはじめにかけて、吉野山を拠点として修験教団が形成されるが、それは当初、金峯山山上（山上が岳）におよぶ山なみを道場とする山林修行であった。これはのちに熊野におよぶ大峯山系を道場とし、「奥駈け修行」の名で現代にまで営々と受けつがれているのである。

『続日本紀』の文武天皇三年（六九九）の五月二十四日条の記録に、伊豆嶋への配流が明らかな役君《えのきみ》小角《おづぬ》（役行者《えんのぎょうじゃ》）は、それ以前、大峯山で一千日の練行の果てに蔵王《ざおう》権現を感得したと伝えられている。

忿怒身という、それまでの日本にはなかった特異な像容を見せる蔵王権現は、吉野の水神や密教の忿怒尊などが、山中で修行を重ねる行者《ぎょうじゃ》によってイメージ化され、象徴化され、生まれた尊格と考えられる。

しかも吉野は『記』（中巻・神武天皇）で、神武東征の途上、神武が「尾生《お》ひたる人」に出会う地である。井氷鹿《いびか》（『書紀』では井光）と名のるその国つ神は、吉野首《おびと》等の祖とされ、尾のある人が出てきた井戸は「光っていた」という。

吉野山上の門前町の裏手には、井光を祀る井光神社があるが、それは、まるで忘れられた歴史のひとこまを象徴するように、小さな祠堂を見せている。

「尾生ひたる人」については、三十余年前の松田壽男氏の研究『丹生の研究─歴史地理学から見た日本の水銀─』に指摘がある。

「尾」とは、昔の採鉱者が坑内で座業をするとき、腰から尻の部分に円座のような尻当てを紐で吊り下げていたというそれであり、「光っていた井戸」とは「水銀坑の形容ではないか」というのである。

松田氏はこの著で「自然水銀が坑の側面や底面で光っていたかもしれない」ともいう。それは、吉野の山上から水分神社、さらに登った奥千本において土を採取した結果、この一帯が水銀鉱床の上にあることが判明したことによって、一層現実味を帯びて考えられるのである。

丹生《にう》の丹は朱砂（硫化水銀）であり、中国古代において、不老不死を願う人々に薬用として飲まれていたことが『抱朴子』（三一七年に完成）の「巻四〝金丹〟」に明らかだ。古代道教の極意といっていい、仙人になる方法がこれだった。

吉野山から山上が岳にかけての山なみが金峯山の名でよばれ、この地が黄金浄土と目され「金《かね》の御嶽《みたけ》」と、憧憬をもってよばれたことと、水銀鉱床の存在とは決して無縁ではあるまい。

吉野川は上流にいたって丹生川の名でよばれるが、この川岸には丹生川上神社がある。天平宝字七年（七六三）以降、室町時代におよんで、雨師神《あまごいのかみ》を祀るここへ、祈雨・止雨を願って奉幣がなされている。吉野水分神は、この丹生川の水神信仰に先んずる、さらに古代の水神なのだ。

私は二十数年前の初夏、青根ヶ峯から喜佐谷《きさだに》を下って、象の小川をたどったことがあった。大伴旅人《おおとものたびと》の歌「昔見し　象の小川を　今見れば　いよよさやけく　なりにけるかも」（巻三、三一六）と、高市黒人《たけちのくろひと》の歌「大和には　鳴きてか来らむ　呼子鳥《よぶこどり》　象の中山　呼びそ越ゆなる」（巻一、七〇）とが並ぶ歌碑が立つ桜木神社。ここには天武天皇の足跡も伝えられている。

杉木立を背に、朱色の社殿が恐いほどに鮮やかなこの地まで、私は黒人《くろひと》の歌と重なるような鳥の声を聞きながら山を下ってきたのだが、それは、古代における人間の葛藤を、〝永遠のいま〟といった静けさをもって記憶する木立を分ける山旅であった。

旅人《たびと》が歌ったように、象の小川はいちだんとすがすがしく、その細い流れの音を聞きながらさらに下れば、道は吉野宮の地といわれる宮滝へ行き着くことになる。

太宰帥《だざいのそち》として筑紫へ下ったこともある旅人の歌は、聖武天皇の吉野離宮への行幸の折に詠まれ、黒人《くろひと》の歌は、持統天皇行幸の折に詠まれていた。

吉野離宮と、持統女帝が在位中に三十一回も行幸した吉野宮が同一であるとすれば、宮滝こそ大海人《おおあま》皇子（のちの天武天皇）が、壬申の乱直前の半年間をすごした雌伏の地ということになるだろう。

なぜこの地に離宮が造営され、なぜ大海人皇子が雌伏し、持統天皇が三十数回も行幸したのだろうか。

万葉集には先の旅人の歌とセットのかたちで「み吉野の　吉野の宮は　山からし　貴《たふと》くあらし　川からし　さやけくあらし　天地《あめつち》と　長く久しく　万代《よろづよ》に　変はらずあらむ　行幸《いでまし》の宮」（巻三、三一五）が配されている。

ここには、み吉野の吉野の宮が、山の聖性そのままに貴く、川の本質そのままに清く、それが天地とともに長く久しく、いつまでも変わらずあろうという思いが、精いっぱい歌われている。

万葉集にいくつも詠まれている吉野は、いずれも山と川の貴いまでの清烈さにたいする驚きであり、抑えがたい感動である。その清々しさがくりかえし歌われる吉野川の水は、神仙の山吉野と一体の聖性をもつ、あたかも変若水《おちみず》にも似た観念をもって受けとめられていたのであろう。「巻十三、三二四五」の歌「天橋《あまばし》も　長くもがも　高山も　高くもがも　月読《つくよみ》の　持てる

をち水　い取り来て　君に奉《まつ》りて　をち得てしかも」にも登場する、飲むと若がえると信じられ、不老がかなう霊水と思われた変若水である。

万葉びとは、清き吉野の水に触れ、水分神の鎮もる吉野山に詣で、さらに丹生川上神社に参ることによって、ひそかにいのちの蘇りを念じたのではないだろうか。

海の彼方に神仙の理想境を思い描き、聖なる山に神仙の地を信じた万葉時代の人々。彼らはそこに、人が誰も憧れてやまない、現実を超えた世界を夢見、その地に触れることによって、霊異の力を得、新たな自分を実感できたのかもしれない。

神をまつり、神の鎮もる聖なる山、あるいは神体山としての神奈《かんな》備《び》山《やま》。この神山にたいする観念は、ほかに富士山、立山など、多くの山におよんでいる。

四　宗教観と言葉

外来の宗教を表わす直截な言葉がほとんど見あたらない万葉集だが、その歌の背後には、当時の東アジアの宗教をさぐる、いくつもの手がかりがひそんでいる。

聖徳太子の歌「家ならば　妹《いも》が手まかむ　草枕《くさまくら》　旅に臥《こ》やせる　この旅人《たびと》あはれ」（巻三・四一五）（家にいたら、妻の手を枕とするだろうに〈草枕〉旅に出て倒れている、この旅人は哀れだ）もそのひとつだろう。

太子が竜田山で死人を見て悲しんでつくったこの歌と同じストーリーが『書紀』にも見え、ここでは片岡となっている。

『書紀』には、道端に倒れていた人に、太子が飲物や衣服を脱いで与え、飢えた人に掛けてやり「安らかに寝ていよ」といったとある。そしてのちに使者が様子を見にゆくと、飢えた人は死んでおり、悲しんだ太子が、その地に埋葬させ、土を固く盛るのだが、数日後、太子の側近の者が出向くと、屍骨《かばね》はすっかりなくなっており、ただ衣服だけが、畳んで棺の上に置かれてあったという。

太子が真人《ひじり》であることを明かすための、真人《ひじり》との出会いが、歌に秘められたストーリーだが、ここにはまさに道教の尸《し》解仙《かいせん》についてが語られている。蟬が殻から脱けだすようにして、肉体のまま虚空に昇って仙人となる尸解を登仙の方法として重視したのは、中国で科学的理論に裏づけられた、新たな道教教理の完成を目指した陶弘景《とうこうけい》（四五六―五三六）だった。太子が出会った飢えた人とは、神仙だったのだ。

『書紀』に記された片岡は、現在、北葛城郡王寺町にある片岡神社の背後丘陵のことといわれている。ここに古くは風雨の順調であること、祈雨が祈られ、疫病、天変災異を防ぐための奉幣がなされていた。

また万葉集にある竜田山は「龍田風神祭祝詞」に崇神《すじん》天皇（在位前九七―前三〇）の創祀とある古社のあった地で、『書紀』の天武天皇四年（六七五）には「風神を龍田の立野《たつの》に祀り、大忌《おおいみ》祭を広瀬の河曲《かはわ》に祭らせた」という記録が見える。

天武天皇は在位中、龍田・広瀬の祭を十九回行っており、持統天皇の時代にも、夏・秋に計十六回の遣使奉幣がなされている。

龍田には風水の害のないことが祈られ、富雄川や佐保川、初瀬川そして飛鳥川、葛城川など八本の川の合流地点に鎮座する広瀬には、山谷の水が豊かに水田をうるおし、五穀の稔ることを祈る大忌祭が営まれていた。

実は古代において、豊作は天皇の徳と呪力によってもたらされるという思想が生きていた。こうした背景をもって、風神祭・大忌祭の祭神は農業の守護神として、国家神へと位階を上げていったのである。

そして祭を行なった天武天皇の諡《おくりな》は「天渟中原瀛真人《あまのぬなはらおきのまひと》」だった。ここには、中国道教が説く三神山のひとつ瀛洲《えいしゅう》の「瀛」がふくまれ、天上の神仙世界における最上位を占める「真人」がふくまれている。天武天皇が、道教をはじめ、天文・遁甲《とんこう》の道に熱心であったという伝承が、さらに現実味を帯びて理解されるだろう。

さらにまた、道教そのものが神仙を神々として仰ぐことから、天皇は現人神《あらひとがみ》としても仰がれた。「巻十九、四二六〇」に、大伴連御行《おおとものむらじみゆき》のつくったこんな歌がある。

大君は　神にしませば　赤駒《あかごま》の　腹這ふ田居《たゐ》を　都と成しつ

（大君は神でいらっしゃるので、赤駒の腹這っていた田んぼでも、都となさった）

という この大君は天武天皇だが、柿本人麻呂も同じように「大君は神にしませば」と歌っている。

律令制を柱に、専制的王権を確立していった天武天皇から持統朝にかけて、天皇を現人神（明神《あきつかみ》）とする思想が成立してゆく。そしてそれは、神仙思想によって一層、その説得力を強めていったのである。またここには、伊勢に祀られた天照大神が、国家神として位置づけられていった時代が重なってゆく。天照大神につながる天武もまた現人神として仰がれたのであろう。

現人神思想は、単に天皇を神格化して受けとめるだけのものではない。国家が、徳のある神的存在によって統治されることを理想とする国家観が、ここには生きていたのである。

そして天武帝については、さらに陰陽五行思想の反映が見られる。為政者がそれぞれの季節に合った政治を行なわないとき、天が感応して、そこに自然と人間の調和が乱れ、災害が生じると考える陰陽五行説は、天武や持統の政治思想にも少なからぬ影響をおよぼしていたにちがいない。

聖徳太子から天武・持統帝をへて奈良朝におよんで、日本は外来の文化の総体のうちに、さまざまの宗教の影響を受けてきた。だが、万葉集にその直截な表現を見ることはできない。たとえば太子の歌の背景に、尸解登仙という宗教的観念があったとしても、歌そのものには旅人の哀れにこころを痛める、太子の思いだけが映されているのである。

その歌の多くが、自然の微妙な移ろいにこころを揺り動かさないではいられない万葉びとの生来の自然観、あるいは生命観というほうがふさわしい精神活動によって生みだされていた。人々は、世界を神の認識のうちにとらえていたのだ。古代人は、日々の生活空間におけるさまざまな変化、朝夕、季節によって変化してやまないそこに、みずからの内面が呼びさまされ、言葉をつむぎだしていったにちがいない。

もし万葉びとの宗教観をたずねるとすれば、こうして生まれた言葉を信頼し、言葉のもつ霊的な力を信じてやまなかった、彼らの言語観をこそ問わなくてはならないだろう。

万葉集「巻五、八九四」には、山上憶良の「神代《かみよ》より　言ひ伝て来らく　そらみつ　大和の国は　皇神《すめかみ》の　厳《いつく》しき国　言霊《ことだま》の　幸《さき》はふ国と　語り継《つ》ぎ　言ひ継がひけり」ではじまる長歌が見える。

大和の国は、国つ神の威徳のいかめしい国で、言葉に宿る霊力の助ける国だと語り継ぎ、言い継いできたが、それは神代以来、言い伝えられてきたことという憶良の思いは、ながく日本人のこころを占めてきたことであろう。

言葉に霊力が宿る。この言語観は宗教観にも等しい。祝詞《のりと》をとなえ、神に祈る。祝いごとに祝言をのべる。古代にはじまる、こうした日本人の言語感覚は、密教で真言・陀羅尼に特別の威力を信じ、その成果を期待する思いとも共通していよう。

そして言葉に宿る力が、私たちを幸福にさせるということになれば、当然、歌を詠むという一事の重要さが知れる。しかも古代の人々は、歌い、語る言葉にたいして、それを意識するばかりではなく、書かれた文字にたいしても、霊的な力、神意を実感したにちがいない。めでたい言葉はもとよりだが、避けたい言葉、つつしまなくてはならない言葉、忌詞《いみことば》をあえて書くことによって、そこに人事を超えた威力、呪力を感じてしまう。言葉はみずから書き、発しなくとも、それがたとえ他人の言葉であっても、人々はそこに、なにか自分にたいする暗示あるいは示唆を実感したのではないだろうか。

五　湿潤な風土が生むもの

「巻三、四二〇」に、石田王《いわたのおおきみ》の死と、すでに泊瀬の山に、神として葬られていることを知らせにきた使いの言葉を、信じ難い思いで受けとめる丹生王《にふのおおきみ》の少し長い挽歌が見られる。

思いをこめたその歌には、くるおしいまでの無念さがうかがえ、こんな一節がつづく。

「夕占問《ゆうけ》ひ　石占《いしうら》もちて　我がやどに　みもろを立てて　枕辺に　斎瓮《いはにへ》を据え　竹玉《たかたま》を　間《ま》なく　貫き垂れ　木綿《ゆふ》だすき　かひなに掛けて」（夕占《ゆううら》でも石占でもして、邸内に祭壇を設け、枕元に斎瓮《いわいべ》を据え、竹玉をいっぱい垂らし、木綿だすきを腕に掛けて）

占いをしたり、祭壇を設けてでも、石田王の死をないものとしたいという、歌の作者丹生王の哀切きわまりない思い。そしてここに登場する「夕占」は、日暮れどき、街の辻に立って、道行く人の言葉を聞き、吉凶を占う占いを指していた。また「石占」は、石の重軽《おもかる》や数、または蹴った結果などで吉凶を占う、上代の占いの一種である。

さらに「斎瓮」とは、底が尖った神事に用いる土器で、土を掘り固定したと考えられる。そして「木綿《ゆう》」は、万葉集にしばしば用いられる言葉だが、祭具の一種で、「木綿畳《ゆふたたみ》」とか「木綿取り垂《し》でて」などの表現でも登場する。

なかで「木綿畳　手向《たむけ》の山と　今日越えて　いづれの野辺に　廬《いほ》りせむ我《われ》」（巻六、一〇一七）に見られる「木綿畳」は、楮《こうぞ》の皮を剥いで、その繊維を細かく裂いて糸状にしたもので、旅人が旅の無事を祈って土地の神へ幣《ぬさ》として手向《たむ》けたものといわれている。木綿を手向け、どこの野原で仮寝するのだろうかという、先の歌の作者坂上郎女の感慨は、逢坂山を越え、帰ってきた自身の安堵感と、みずからの人生を見つめる思いであろう。

また「領巾《ひれ》を振る」という表現で、首にかけ、長くたらした布を振る仕ぐさが歌に詠まれる。この布には、魔よけなどの呪力があると考えられたのである。

日本の古代の、いわば宗教習俗に触れながら、私は類似の習俗がチベットやインド、インドネシアなど各地に見られることで、万葉文化がアジア的共通概念のなかにあることをあらためて実感した。南アジア、東南アジア、そして東アジアにおよぶ風土が生んだ、類似の、さらに共通する神意識が、ひとつひとつの歌にこめられている様子が見えてくる。

しかし木綿を手向ける、あるいは標縄《しめなわ》を張る、松の枝を引き結ぶという万葉びとの行為は、外来宗教の概念によるというより、他のアジア圏とも共通する、照葉樹林帯にあって、稲作文化を生んだ、湿潤な日本の風土が生んだものというほうがふさわしいだろう。

神の気配にたいする素直な畏れと、人事を超えた事態を聖別しようとする思い。『記』の「初発の神々」にいわれる「ムス（生成）」と「ヒ（霊力）」とで為る「産巣日《むすび》」の神が、根源的な生成のエネルギーを象徴するが、この始原の神への意識を伝えるのが「結ぶ」行為であろう。

この繊細きわまる行為は、日本の風土が生み育んだ、自然を形成するそのひとつひとつに、霊魂という神の存在を認識する多神教が培ってきた生命への信頼と、その危うさへの畏怖の念が生みだすものではないだろうか。

古代の日本人は、外来の宗教が伝来して、百年たち二百年たっても、その特有の言葉をもって自然や人事の起伏を歌おうとはしなかった。

あの大仏建立という一大イベントをやりとげた聖武天皇の歌十一首にうかがえることは、このやさしさ、素直さであり、世界を見る清明な精神である。このひとつひとつの歌をたどりながら、私は聖武天皇の大仏建立への意欲を合わせて考えていた。

奈良朝という、それ以前にも増して纖緯《しんい》思想による改元《かいげん》がくり返された時代。この世のすべての根源、原理はすべて天に求められるとする、天人合一思想に促された、予言的な学説ともいえる讖緯説は、七一五年に「めでたいしるしの亀」を得たことを祥瑞《しょうずい》としてとらえ、和銅八年を霊亀元年にあらため、多くの罪を許してさえいる。

さらに大帝国唐にたいして国家であろうとする時代思潮の渦中にあって、身辺にたえず権力の暗闘を見てきた聖武が、きわめて不安定な時代に翻弄《ほんろう》されたように見えながら、心根のやさしさ、素直さを歌い、同時に大仏建立を発願する。

華厳経にもとづく毘盧遮那大仏像の造立発願は、仏の力によって天下大平をまねき、生きとし生けるものとの共存共栄を目指していた。これは、聖武による世界構想にほかならない。すべてが互いに交わり合いながら、流動してやまない宇宙。この宇宙全体を包括する毘盧遮那仏。聖武は、生来のやさしさという強靭な精神によって、それまで日本人の誰も発想しなかった、大仏建立という世界構想を得たのではないだろうか。

聖武天皇の歌と、彼が打ちだした世界観を、ひとりの人間の精神活動としてとらえるとき、そこに私は、万葉集の多くの歌に普遍的にたたえられた、生命観が同時に宗教観であった、歌人たちの生と死に向き合う穏やかで強靭な意志を感じるのである。

【注】文中の歌の読みくだし、現代訳は、小学館発行の『日本古典文学全集』(『万葉集』①―④)を参考にいたしました。

万葉びとの生活

——解釈・復原・記述

上野 誠

上野 誠
（うえのまこと）
1960年福岡県生まれ。国学院大学大学院文学研究科博士課程後期、単位取得満期退学。現在、奈良大学文学部助教授（国文学科）。博士（文学）。財団法人奈良県万葉文化振興財団万葉古代学研究所副所長。
著書に『古代日本の文芸空間―万葉挽歌と葬送儀礼』（雄山閣出版）、『万葉びとの生活空間―歌・庭園・くらし』（塙書房）、『芸能伝承の民俗誌的研究―カタとココロを伝えるくふう』（世界思想社）、『万葉に見る 男の裏切り・女の嫉妬』（NHK出版）、『みんなの万葉集』（PHP研究所）など。

歌における語りにも一定の傾向というものがあるのではないか。
この語りのもつ傾向というものを見定めないかぎり、
われわれは古代生活の実感のようなものに辿り着くことはできないのである。

忌部首黒麻呂が歌一首

秋田刈《か》る
仮廬《かりほ》もいまだ
壊《こほ》たねば
雁《かり》が音《ね》寒し
霜《しも》も置きぬがに

忌部首黒麻呂ノ歌一首

秋ノ田ヲ刈ル
仮廬モマダ
取リ壊シテイナイノニ……
雁ノ音ガ寒々ト
何ト霜モフランバカリ　（巻八の一五五六）

一　生活実感を共有することはできるか

バブル経済華やかなりし一九八〇年代後半、筆者は静岡県の山野を駆け巡っていた。静岡県史の民俗部会の「臨時調査員」という名刺をもらった時の下笑しさは、今もって忘れることができない。貧乏大学院生にとって、新宿や渋谷の灯は眩しすぎたから、民俗調査のムラを歩くのは大好きだった。

当時は、まだ「焼畑」を経験した古老があちらこちらにいた。なかでも、静岡市の井川地区では、「焼畑」の話をたくさん聞くことができた。(1) それは、戦後まもなくまでは、焼畑が行なわれていたからである。ここでは、焼畑のことをヤマバタとかキリハタと呼んでいた。焼畑を行なう山と、自宅が離れている場合には、デヅクリコヤ（出作り小屋）を耕作地に建てて、農繁期にはそこに寝泊りすることになる。なぜなら、ムラにある自宅から毎日通うわけにはいかないのである。このデヅクリコヤに泊まって仕事をするのは、主に男たちであった。妻や子は、この期間、自宅の周りの田畑を守り、そして慎ましやかに家を守ることになっていた。

古老たちから話を聞いていて、ことに印象的だったのは、収穫した粟や稗を背負って帰ってくる父親の姿が、幼年期の思い出とともに異口同音に語られていたことである。重い収穫物を背負って山路を下る父親。それを見たときのえもいわれぬ喜び、そして久しぶりに会ったことによる「テレ」などを率直に語っていたのが印象的であった。また、父親の帰りを待ちきれず山路に迷込み、山中を一昼夜彷徨った話などもよく聞いた。しかし、話は結局、次の内容に集約されていったように思う。父親はいかに重たい荷物を持って長い道のりを歩いたか、それを家族はどれほど首を長くして待ったか。さらには、父親が背負って持ち帰った粟で炊いた粟飯がいかにおいしかったかなど、古老たちは子どもの頃の話を昨日のことのように語ってくれた。そして、実際にデヅクリコヤでの生活を体験した人の話も聞くことができた。

デヅクリコヤでの生活について語る男たちの話は、およそ三つに分類することができる。

A　一人で山のなかの小屋で過ごすことの恐怖や淋しさにまつわる話。ことに病気の家族を残して、デヅクリコヤに行かねばならなかった時などの人情の機微に関わる話には人情話の趣があった。また、なかには人魂を見たなどの一種の奇譚もあった。

B　畑を荒らしにやってきた猪や鹿、さらには熊と格闘したという武勇伝。こちらは、語る方も、聞く方も楽しい、座談である。

C　採れた粟や稗を担いで家に帰る話。これは、苦労が報われる喜びの時間であったようだ。そして、それはいかに重いものを昔は担いでいたかという自慢話であるとともに、往時をふりかえる苦労話だった。

こういう戦前の思い出話を、孫の世代にあたる二十代の筆者に、古老たちは熱を持って語ってくれたのである。しかし、多くの人びとの話を聞くうちに、そこには一つの傾向があることに筆者は気付いたのである。その傾向とは、かつての焼畑での体験を、若き日の苦労話として、もうあんな経験はしたくてもできないだろうが……と懐かしそうに語っている点である。もちろん、個人の経験はそれぞれ違うし、語り口にも個性があったが、ほとんどは「若い時の苦労があってこそ、今がある」というような肯定的な語り方になっていたように思う。そして、それは概ね右記のABCの三つに分類できるのである。

この調査体験を通じ、筆者は次のようなことを学んだ。まず、考えておかなくてはならないのは、「聞き書き」から生活実感を復原し、それを語り手と聞き手が共有して記述するという方法には、限界があるということである。つまり、個々人の生活体験や生活実感は個々に異なっているのに、それらが語られるときには、一つのステレオタイプのなかで語られてゆくという事実である。例えば、臨死体験者の語る死の世界にすら、三途川などの一つの型があるのである。とすれば、聞き書きによって、生活体験を記述しようとする時には、語りの傾向や方向性を見定めてゆく必要があるのではなかろうか。これは、民俗学という学問が抱えている宿命であるとさえ、思う。

しかし、筆者は、このステレオタイプ化した語りにこそ、語り手が聞き手に発信しようとしている大切なメッセージがあるのではないか、と考える。つまり、語り手側が、聞き手を見て同調しやすいように話を加工して語ってくれていたのではないか、と思うのである。そうでなければ、「対話」というものは成り立たないであろう。調査者だった筆者はまず「戦前、焼畑をなさっていた時は、ご苦労も多かったでしょう」と問いかける。それに対して語り手は「そりゃぁー、忙しいときは、デヅクリコヤで泊込みでしたからねえ……」と語り出されるわけである。してみれば、語り手の側が、なるべく聞き手の望む話を伝えようとするのは当たり前であろう。つまり、民俗誌の記述は、語り手と聞き手が同調して成り立っているのである。ことに、国学の流れを汲み、国民国家の成立と軌を一にして発達してきた日本民俗学には、その傾向が強い。それは、日本民俗学が祖先の生活の歴史を辿るといういわば「ロマン」を研究の活力源にしているからである。

C・ギアツの民族誌の解釈学(2)の提唱を受けた若き民俗学徒に、こういった語り手と聞き手の関係を反省的に検証する動きが起こったのは当然のことであった。筆者の実感でゆくと、一九八〇年代から九〇年代はじめの日本の民俗学界には、若手研究者を中心に民俗誌の記述の背後にあるかくなる同調の思想について反省的ないし批判的な再検討を加えよう、という雰囲気があったように思う(3)。

以上のことがらは、いったい私たちに何を教えてくれるのだろうか。それは、語りから、生活体験を記述する場合に重要なことは、その語りに一定の傾向がないか、その偏りを見定める必要がある、ということであろう。

このようなことを縷々述べたのには、わけがある。それは、本書を以て言挙げをする〈万葉古代学〉の成否は、万葉研究と他の学問をいかに繋ぐか、という一点にかかっている。そのためには、一九三〇年代という比較的早い段階において提携が進んだ民俗学と万葉研究の在り方について、批判的な検討を加えておく必要がある、と考えたからである。その検証の上に立って、万葉古代学は、その学際的研究の在り方を模索すべきである、と考えたからである。

二　歌のなかで語られる生活

さて、冒頭で述べた焼畑のデヅクリコヤに相当すると思われる仮設的建造物が、『万葉集』にもある。もちろん、それはイコールではない。しかし、農繁期に耕作地に宿泊するための仮設的建造物であるという点では、同じ機能を持っている建造物である。これが、万葉歌に登場する「カリホ」（仮廬）、「タヤ」（田屋）、「タブセ」（田廬）である。「カリホ」とは、「カリ・イホ」を略したもので、「イホ」とは小屋のことである。「タヤ」は田に建てられた小屋のこと。「タブセ」とは、田にある「フセヤ」、つまり屋根の低い粗末な小屋のことと考えればよい。これらの仮設的建造物は、収穫期の見張りや、農具・収穫物の一時的保管、農作業時の休憩場所として、利用されていた。特に収穫期には、この小屋に寝泊りする必要がどうしてもあったようなのである。それは、いよいよ収穫という時に、猪や鹿が田を荒すからである。これが、万葉恋歌の比喩としてしばしば登場するのである。

ア　あしひきの　山田《やまだ》作る児《こ》　秀《ひ》でずとも　縄《なは》だに延《は》へよ　守《も》ると知るがね　（巻十の二二一九）

イ　かむとけの　日香空《そら》の　九月《ながつき》の　しぐれの降れば　雁《かり》がねも　いまだ来鳴《きな》かぬ　神奈備《かむなび》の　清き御田屋《みたや》の　垣内田《かきつた》の　池の堤《つつみ》の……　（巻十三の三二二三）

ウ　妹《いも》が家《いへ》の　門田《かどた》を見むと　うち出来《でこ》し　心も著《しる》く　照る月夜《つくよ》かも　（巻八の一五九六）

エ　衣手《ころもで》に　水渋《みしぶ》付くまで　植ゑし田を　引板《ひきた》我《わ》が延《は》へ　守《まも》れる苦し　（巻八の一六三四）

このように通覧すると、さまざまな獣の撃退法が万葉歌のなかに歌われていることがわかる。縄を張る（ア）、垣根を作る（イ）、家の近くに門田を作り見張る（ウ）、鳴子を仕掛けて音で追い払う（エ）などの方法を確認することができよう。

さらには、火を使って獣を追い払うということも行なわれていた。つまり、「カリホ」「タヤ」「タブセ」で、獣を追い払うために火を焚けば、それは「カヒヤ」（鹿火屋）と呼ばれたのである。したがって、「タヤ」「タブセ」「カヒヤ」は、同じような仮設的建造物であった、と考えてさしつかえない。

以上のような方法で、獣を追い払う必要があったのは、居住地と耕作地とが離れていたからである。万葉の時代、居住地と耕作地が離れたのには、この時代特有の理由があったようである。つまり、口分田が必ずしも居住地に近いところに支給されるとは限らなかったのである。口分田の不足という事態が、この時代においてもっとも重大な社会問題であったということについては、多くの史家が説くところである。したがって、かくなる理由から奈良時代の人びとも、農繁期、なかんずく収穫期には、耕作地に建てられた小屋で生活をしたようなのである。

この「カリホ」の歌が、巻第十に集中的に収載されている。巻第十は、「雑歌」と「相聞」を四季分類した巻で、その編纂は巻第八に準じている。ただし、巻八と違うのは、作者未詳歌を中心に編纂された巻である、という点である。登場する地名は、平城京の周辺が多く、平城遷都後、それも比較的新しい歌が多い巻といわれている。作者の名前が伝わらないのは、誤解を恐れずにいえば、巻八の作者層よりも身分的に下級の人びとの歌が多かったからである、と推定をすることもできる。そう考えると、巻十は平城京の下級官人を作者層として想定することができよう。これが、巻十に集中して「カリホ」が登場する理由ではないか、と筆者は考えている。つまり、下級官人たちは実際に遠隔地にある自らの耕作地に建てられた田廬に寝泊りする必要があったのであろう。おそらく、こういった事情から天平期の下級官人の間で「カリホ」を詠むことが流行していた、と考えられるのである。[4] では、「カリホ」での生活は、歌のなかでどのように語られているのだろうか。以下、見てみたい。

①秋田《あきた》刈《か》る　仮廬《かりほ》の宿り　にほふまで　咲ける秋萩　見れど飽《あ》かぬかも　（巻一〇の二一〇〇）
②秋田《あきた》刈《か》る　仮廬《かりほ》を作り　我《あ》が居《を》れば　衣手《ころもで》寒く　露そ置きにける　（巻一〇の二一七四）
③秋田《あきた》刈《か》る　苫手《とまで》動くなり　白露し　置く穂田《ほだ》なしと　告《つ》げに来《き》ぬらし　［一に云ふ、「告げに来《く》らしも」］　（巻一〇の二一七六）
④秋田《あきた》刈《か》る　旅の廬《いほ》りに　しぐれ降り　我《わ》が袖《そで》濡《ぬ》れぬ　乾《ほ》す人なしに　（巻一〇の二二三五）
⑤秋田《あきた》刈《か》る　仮廬《かりいほ》作り　廬《いほ》りして　あるらむ君を　見むよしもがも　（巻一〇の二二四八）
⑥鶴《たづ》が音《ね》の　聞こゆる田居《たゐ》に　廬《いほ》りして　我《あれ》旅なりと　妹《いも》に告《つ》げこそ　（巻一〇の二二四九）

①の歌では「カリホ」での生活の慰めが、萩の花を見ることであったことが語られている。
②③は「秋の雑歌」の「露を詠む」に、分類されている歌である。仮小屋で寝ていると露で衣が濡れるというのであるから、その寒さ、そのわびしさを、旅寝の苦労として語っているので

ある。④のしぐれが降っても、干してくれる人がいないというのは、家族から離れた淋しさを訴えているのであろう。⑤と⑥は、賀茂真淵『万葉考』が述べているように、問答かもしれない。⑤は愛する男との離別を嘆く女歌である。おそらく、「カリホ」で寝泊りするのは男性が多かったのであろう。⑥が⑤に答える歌であるとすると、筆者は旅をしていると妹には答えておいてくださいという男歌になる。④⑤⑥を見ると、旅立つ背と、家に待つ妹という構図が浮かび上がってくる。つまり、②③④⑤⑥は、「カリホ」の生活のわびしさを嘆いた旅寝の孤独を歌う〈文芸〉ということができる。とすれば、巻十においては、「カリホ」での生活が〈寒さ〉と〈わびしさ〉という傾斜を持って語られているということができるだろう。このことは、後述するように巻十六の仮廬の文芸と比較すれば、より明確なものとなる。

もちろん、多くの人びとの「カリホ」での生活は、実際にわびしいものであったに違いない。しかし、歌において語られているわびしさが、「旅寝」の〈寒さ〉や〈わびしさ〉と重ねられていることに、注意を払わなくてはならないだろう。つまり、そう作者が語れば、聞き手も読み手も同調しやすいのである。なぜならば、多くの人びとが旅寝の苦しさを知っているからである。ここに、「カリホ」での生活の語りのステレオタイプ化を見て取ることができる。おそらく、秋ともなれば、「田暇《でんけ》」と呼ばれる農休みをもらい、官人たちは耕作地に赴いたに違いない。そして、それぞれの「カリホ」での生活を経て、再び平城京に戻ってきたことだろう。戻ってきた人びとは、それぞれの「カリホ」での生活を語り合い、歌を詠んだのである。しかし、体験はそれぞれ個別であっても、歌のなかで語られる生活実感は、一つの傾向を持っていた、と考えられるのである。それを一言でいえば、〈旅寝の苦しさ〉ということに尽きるのである。共有される「知識」とか「記憶」というものには多かれ少なかれ、そういう傾向が存在しているものである。我々は無意識のうちに、聞き手の生活の歴史というものを類推し、聞き手に理解されやすい言葉と論理構成をもって語ろうとするからである(地域・性差・教養・階層)。それは、しばしば予定調和的な語りを形成してゆくこととなる。

三「タブセ」での生活の終り

巻十六にも、「タブセ」は登場する。河村王が宴会の時には、必ず琴を弾いて歌った歌である、という。

かるうすは　田廬《たぶせ》の本《もと》に　我《わ》が背子《せこ》は　にふぶに笑《ゑ》みて　立ちませり見ゆ〈田廬はたぶせの反《かえ》し〉

朝霞《あさがすみ》　鹿火屋《かひや》が下《した》の　鳴くかはづ　偲《しの》ひつつありと　告げむ児《こ》もがも

右の歌二首、河村王《かはむらのおほきみ》、宴居の時に、琴を弾《ひ》きて即《すなは》ち先《ま》づこの歌を誦《よ》み、以《もち》て常の行《わざ》と為《な》す。

（巻十六の三八一七・三八一八）

「以為㆓常行㆒也」とあるのを見ると、一杯飲めば必ず歌うという十八番であった、と考えなくてはならないだろう。しかし、その解釈は必ずしも安定しているわけではない。

そこで、まず筆者が現在考えている解釈の枠組みを示しておきたい。左注がいうように宴席で歌われたものであるとするならば、当該二首はどういう順番で歌われたのであろうか。当然、この配列された順番で歌われた、と考えるべきだろう。とするならば、一首目と二首目がどのように関連しているかということも考えねばなるまい。十八番であったとすれば、歌い手にとってはこの順番で歌われることに、なんらかの意味があった、と考えられるからである。以上の枠組みを踏まえて、なるべく妥当性のある解釈を探ってゆくことにしたい。

まず「かるうす」であるが、これは諸注が説くように「カラウス」であろう。簡単にいえば「てこ」の原理を利用して、籾を搗く道具である。杵と反対側の柄の端を足で踏めば、杵がもち上がり、その足を放せば、杵が臼に落ちて、籾が搗けるのである。これによって、精米すれば当然「飯炊《いひかし》くこと」（巻五の八九二）ができる。次に、「田廬《たぶせ》の本に」が問題となる。これは、内田賢徳が説くように「建物のもと」にということであろう。[5] つまり、この臼は「タブセ」のなかにあるわけではないのである。とすると、第四句と五句との関わりが問題となってくるであろう。従来、「カラウス」が男女向かい合わせで踏むものであるということを前提にこの部分は解釈されてきたのだが、内田が説くようにそれは誤りである。内田は、その解釈の前提になっている『うつほ物語』の記述を再検討し、『うつほ物語』のそれは絹に光沢を出すための砧であるから、当該歌の解釈には役立たないと述べている。したがって、「カラウス」は男女が向かいあって踏むものであるという前提そのものが成り立たないのである。以上のような理由から、「目の前に立って臼を踏みながら自分をにやにや見ている男のさまを、女性が詠じた」（伊藤博『釈注』）という解釈を採ることはできない。内田は、「カラウス」がてこの原理を利用していることから、構造上踏む場所（杵の柄の端）は、稲が搗かれる臼より高いところにあるとし、次のように解釈する。つまり、この高低差を利用して、杵を臼のなかに落とすのである。

カラウスを踏む男の壮快な笑みを見て、処女は歌う、カラウスは田廬の本の低いところにあって、それをふみつつあの高い所に、にふぶにゑみてお立ちのこと。(5)

正鵠を得た解であろう。ただし、筆者は必ずしも、「我が背子」が杵の柄を踏んでいる、と解釈する必要はないと考える。沢瀉久孝『注釈』が示した解釈の一案「カルウスはタブセノモトニアリ、ワガセコはタチませりといふ対照」が、上句と下句を繫いでいるとすれば、「我が背子」が杵を踏んでいると解釈しなくてもいいのではないか。つまり、「カルウス」と「我が背子」は対比されていると考えたいのである。この点を強調して筆者なりの釈義を示すと、以下のようになる。

カラウスは、伏せっているわけではないがタブセのもとに置いてある……のが今見える。

私のいい人は、にこにこにっこり笑って（こっちは伏せるのではなくて）立ッテいらっしゃる……のが今見える。

つまり、当該歌においては「カラウス」が田廬にある状態と、我が背子がにっこり笑って立っている状態が対比されているのではなかろうか。一首の笑いは、この対比のおもしろさにあると考えられるのである。「カラウス」が田廬の前に用意されているということは、いよいよ稲刈も終わり、収穫物を食べる時である。「わが背子」がにこにこ笑って立っているのは、逢瀬のはじまりであろう。それが、一方は「伏せ」で、一方は「立つ」というのである。

田植え時から苦労してついに収穫、いよいよ稲搗き、さあ食べるばかり。「我が背子」はにっこり笑って立っている、さあお楽しみの時間を過ごすばかり。つまり、それは至福の景ともいうべきものではなかったか、と思うのである。収穫が終わって、その年に採れた米、すなわち「初飯《はついひ》」（巻八の一六三五）を食べるのは、愛する人と初めて結ばれる夜のごとき至福の時間であった、といえるだろう。そういう気分を推し量ることのできる歌を三首ほど挙げておきたい。ただし、三首目はその夢が潰えた時の恨みの歌である。

佐保川《さほがは》の　水《みづ》を堰《せ》き上《あ》げて　植ゑし田を〈尼作る〉　刈《か》れる初飯《はついひ》は　ひとりなるべし〈家持継ぐ〉　（巻八の一六三五）

稲搗《いねつ》けば　かかる我《あ》が手を　今夜《こよひ》もか　殿《との》の若子《わくご》が　取りて嘆かむ　（巻十四の三四五九）

あらき田《だ》の　鹿猪田《ししだ》の稲を　倉に上《あ》げて　あなひねひねし　我《あ》が恋《こ》ふらくは　（巻十六の三八四八）

［左注省略］

縷々述べたように至福の時間ということを踏まえると、次のことも暗示されているのではなかろうか。田廬での生活が、旅寝の苦しさであったことは前に述べた。そして、それは恋人たちにとっては別離の時間であった（⑤⑥）。田廬に「カルウス」が運ばれれば、私のよい男《ひと》が帰ってくる日も近い。つまり、これは実景ではなく、待つ女が田廬から帰ってくる男のことを、思いやった歌というべきであろう。

対して、次の歌はもてない男の歌である。田廬で火を焚いて獣を追えば、それは「鹿火屋」と呼ばれたであろうことは、前に述べた。つまり、同じ田廬の歌であるということができるのである。だから、一首目に続くのである。田廬の下で鳴いている蛙のように、貴男のことをお慕い申し上げます……と言ってくれる女の子はいないものかなぁーというのであるから、現在慕ってくれる女はいないのである。そんな気持ちを逆なでするように、蛙は一晩中鳴いて求愛の気持ちを伝えている。対して、俺様は一晩中火の番だ……と何ともさえない夜をこの男は過ごしているのである。とすれば、一首目は、男を慕う女歌。二首目は、もてない男の嘆き節であるということができる。一首目は、田廬での生活も終りころであろうが、二首目はまだまだ一人淋しく田廬での生活が続いてゆくようである。一首目にもてる男が登場し、二首目にもてない男が登場する。その落差が、酒宴で好まれたのではなかろうか。すなわち、二首目がオチになっているのである。この二首を宴会芸の十八番としたのが男王とすれば、それは自らを落としめる道化の笑いになったはずである。文字通り、鳴り物入りの歌として。

以上のような視点から、当該二首の直前に配列されている次の歌を見てみよう。

　穂積親王の御歌一首

家《いへ》にありし　櫃《ひつ》に鏁《かぎ》刺し　蔵《をさ》めてし　恋《こひ》の奴《やつこ》が　つかみかかりて

　右の歌一首、穂積親王、宴飲の日に、酒酣《さけたけなは》なる時に、よくこの歌を誦《よ》み、以て恒《つね》の賞《め》でとしたまふ、といふ。（巻十六の三八一六）

穂積親王のこの歌にも道化の笑いがある。こちらは、穂積親王の十八番で、「恋の奴が　つかみかかりて」という着想が眼を引く歌である。そして、それは間違いなく「わかっちゃいるけど、恋心だけはどうもコントロールできなくて……」という自らを笑う道化の笑いである。巻十六の宴席歌の笑いには、こういう道化の芸がある。つまり、自らが道化役となって参集者を盛り上げようとする性質と態度とを見て取ることができるのである。(6)

対して、巻十の仮廬の文芸には、その生活を嘆く語りがあるといえるだろう。ところが、巻十六の仮廬の文芸は、その惨めさを自作自演で笑い飛ばしている。巻十の〈田廬の文芸〉は、都にあって雅びを志向する文芸であるのに対して、巻十六のそれは都にあって鄙びを志向する文芸である、ということができよう。してみれば、歌における語りにも一定の傾向というものがあるのではないか。この語りのもつ傾向というものを見定めないかぎり、われわれは古代生活の実感のようなものに辿り着くことはできないのである。

四　歌を資料とすること

同じ仮廬を語るにおいても、その語り方は巻によってまったく違っていたことはすでに述べた。ところで、折口信夫が古代生活を復原するにあたり重視したのは、一も二もなく『万葉集』である。そして、それに付け加えるものがあるとすれば『風土記』であろう。折口は、『万葉』にこそ古代生活の実感があると考え、『日本書紀』『続日本紀』の六国史よりも重要視した。それを現代の民俗と重ね合わせることによって、日本人の民族性のようなものを語ろうとしたのである。この構想は万葉研究を文学研究から、文化研究へと読み換えてゆく試みであった、ということができよう。その意味では、折口のこの構想は、品田悦一がいうように「民族の精神文化史を志向していた」ということができる。[7]その時に、重要視されたのが『万葉集』であることは興味深い。それは、『万葉集』を民族の声であると考えたからである。ここに、『万葉集』の民俗学的研究の思想的起源、あるいは心情的根拠があるといえるだろう。

しかし、本稿において見たように、民俗調査による生活実感の共有化とその記述にも、歌から導きだされる生活世界の復原にも、語りの傾向や文脈というものがあるということを見逃してはならない。つまり、歌から生活実感を復原する研究には、作品世界に対する深い洞察が必要なのである。

オーラル・ヒストリーによって生活世界を復原して記述する民俗学[8]、歌から古代生活の実感を読み取る文学研究、そのどちらにも同じ「陥」がつきまとうのである。この「陥」を乗り越えて万葉びとの生活を復原するためには、個々の研究者の民俗世界や作品世界に対する深い洞察力が求められることは言うまでもない。これは、筆者に課せられた課題であるとともに、万葉古代学に課せられた課題でもある、と思う。以上が、万葉びとの生活を歌から復原する方法についての覚書である。論旨宜しきを得ず、忸怩たる思いは残るが、一旦ここで稿を閉じ、その責めを果たしたい、と思う。

【注】

（1）筆者が担当したのは、「家の神とムラの神」（静岡県教育委員会編『静岡県史民俗調査報告　第十四集　田代・小河内の民俗―静岡市井川―』同教育委員会、一九九一年）である。

（2）C・ギアツ「厚い記述―文化の解釈学的理論をめざして―」（『文化の解釈学』〔一〕所収、吉田禎吾他訳、一九八七年、岩波書店）。

（3）筆者なりに、この動きを受けて発表したものに「民俗芸能における見立てと再解釈」（上野誠『芸能伝承の民俗誌的研究』所収二〇〇一年、世界思想社。初出は、一九九〇年）がある。

（4）上野誠「万葉びとの『農』」『万葉びとの生活空間―歌・庭園・くらし―』所収、二〇〇〇年、塙書房。

（5）内田賢徳「綺譚の女たち―巻十六有由縁―」高岡市万葉歴史館編『伝承の万葉集』所収、笠間書院、一九九九年。

（6）もう一つあげれば、三八二六番歌を上げることができる。

（7）品田悦一「民族の声―〈口誦文学〉の一面―」稲岡耕二編『声と文字―上代文学へのアプローチ―』所収、塙書房、一九九九年。

（8）民俗学は、語られた言葉によって生活の歴史を再構成する学問であるということができる。語られた歴史、つまりオーラル・ヒストリーによって、文献資料に留められにくい庶民の日常生活を復原して記述する学問である。これに対して、近時は現代政治史を記述するオーラル・ヒストリーの研究も盛んになってきている。こういった研究のこれまでの成果、および試行されたさまざまな方法の紹介については、御厨貴に簡便にして要を得た解説書がある(『オーラル・ヒストリー―現代史のための口述記録―』中央公論新社、二〇〇二年)。御厨も述べているように、オーラル・ヒストリーは、調査者と被調査者との関係性において成り立つ。近い将来において、オーラル・ヒストリーの解釈学のごとき研究が、必要になってくるであろう。

〔付記〕本稿の姉妹篇をなすものに、「万葉民俗学の可能性をさぐる」「稲作の民俗」(ともに上野誠・大石泰夫共編『万葉民俗学を学ぶ人のために』所収、世界思想社、二〇〇三年夏刊行予定)があります。ご併読願えれば幸甚です。

万葉時代の人と動物

日髙敏隆／森 治子

日高敏隆（ひだかとしたか）

1930年東京生まれ。東京大学理学部動物科卒。アゲハチョウ・サナギの色彩適応（保護色）の研究で理学博士。東京農工大学農学部教授、京都大学理学部教授、滋賀県立大学学長を経て、現在は総合地球環境学研究所所長。京都大学名誉教授。

専攻は動物行動学。著書に『人間についての寓話』（平凡社ライブラリー）、『チョウはなぜ飛ぶか』（岩波書店）、『ぼくにとっての学校』（講談社）、『帰ってきたファーブル』（講談社学術文庫）、『春の数えかた』（新潮社）など。訳書に話題を呼んだドーキンス『利己的な遺伝子』（紀伊国屋書店）などがある。

森　治子（もりはるこ）

同志社女子大学卒業後、武庫川女子大学大学院にて博士号取得。学位論文は『日本における舶来動物の受容に関する研究―家兎の愛玩から産業利用まで―』。専攻は生活文化史・大衆文化論。共著に『戦後日本の大衆文化』（昭和堂）、『京都暮らしの大百科』（淡交社）などがある。

現在、帝塚山学院大学、京都造形芸術大学、滋賀女子短期大学等で非常勤講師を勤める。

万葉集では人間と人間の濃密な関係が人々の世界の軸であった。鳥もけものも、そして虫も、ほとんどすべて人との関係、それも「恋うる」に近い関係を歌うためのシンボルとして使われている。歌が抒情詩である以上、それは当然のことかもしれないが、そこに万葉とその時代の特徴が示されているような気もするのだ。

一　登場するたくさんの動物

よく知られているとおり、万葉集にはきわめて多くの動物や植物が登場する。動物についていえば、ことばとして区別されているだけで、哺乳類一三、鳥類五一、爬虫類一、両生類二、魚類一〇、昆虫類・甲殻類・くも類一一、貝類七、合計一〇〇に近い。

これはアリストテレスやプリーニウスの博物誌、動物誌の類を除けば、洋の東西のいわゆる古典と呼ばれるものの中で異色といってよい。

具体的にはどんな動物が登場しているのか。すでにいろいろな研究があるが、あらためて調べなおしてみると、次のような名があがってくる。

哺乳類：いさな（鯨魚＝クジラ）、犬、兎、牛、馬、狐、熊、猿、鹿、しし（鹿猪）、龍の馬、虎、むささび。

鳥類：秋沙（あきさ＝アイサ）、味鴨、あとり、斑鳩（いかるが）、鵜、うぐひす、鶉、大鳥、貌鳥（かほどり＝カッコウ）、鴨、鷗（かもめ）、烏（からす）、雁、雉（きぎし）、けり、坂鳥（さかどり＝ニワトリ）、鴫（しぎ）、しなが鳥（しながどり＝カイツブリ）、白鷺、白鳥（しらとり）、菅鳥（すがどり）、洲鳥（すどり）、鷹、たかべ、鶴（たづ）、鵠（たづ＝くぐいつまりハクチョウ、またはツル）、千鳥、燕、鳥、鶏（とり）、鳰鳥（にほどり＝カイツブリ）、ぬえ鳥（＝トラツグミ）、ぬえこどり（＝ぬえ鳥）、放ち鳥、雲雀（ひばり）、比米（ひめ＝シメ）、雀公鳥（ほととぎす）、真鳥（まとり＝ワシ）、みさご、水鳥（みずとり）、都鳥、百舌鳥（もず）、山鳥、呼子鳥（よぶこどり＝カッコウ）、鷲（わし）、鴛（をし、をしどり）。

爬虫類：亀。

両生類：かはづ（カエル類）、谷ぐく（ヒキガエル）。

魚類：鮎（年魚。あゆ）、魚（うを）、堅魚（かつを）、鮪（しび＝マグロ）、すずき、鯛、氷魚（ひお＝アユの幼魚）、鮒（ふな）、鰻（むなぎ＝ウナギ）。

昆虫類・甲殻類・くも類：蜻蛉（あきづ＝トンボ）、蟹（かに）、蜘蛛（くも）、蚕（こ）、こほろぎ、すがる（ジガバチなど）、蟬（せみ）、晩蟬（ひぐらし）、蛾羽（ひるはは）、蛍（ほたる）。

貝類：鰒（あわび）、鰒珠（あはびたま）、貝、恋忘貝（こひわすれがひ）、しじみ、小螺（しただみ＝コシダカガンガラ）、蜷（みな＝巻貝、タニシ）。

これらの中には、例えば単に鳥とか鳥啼くとか春鳥とあるだけで種類のよくわからないものもあるが、カッコウのように種類のはっきりしたものもあるし、しただみ（小螺。三八八〇）のように、「石もて突つき破り、早川に洗い濯ぎ、辛塩にこごと揉んで高坏に盛って奉った」と、当時の食べ方が詳しく述べられたものもある。

いずれにせよ、全体で約四、五〇〇首の歌を含むといわれる万葉集の中に、先に述べたように約一〇〇に及ぶ多様な動物名が登場するわけである。

そしてそれらの動物は、一つの歌に一つだけ出てくるわけではなく、二つ以上の異なる動物が同じ一つの歌の中に登場するので、これら動物たちの現れる回数は漠大なものになる。

どの動物が、どの歌に出てくるかを示した表（一四三ページ）を見ればそれがわかる。同じ一つの歌に同じ動物が二度出てくる場合も多いが、それは一回と数えることにしてある。

この表からわかるとおり、おそらくは一〇〇種類を越えると思われる動物が折り返し繰り返し、計八九五回登場していることになる。四、五〇〇首の歌の中に約九〇〇回とは、やはり驚くべき多さである。万葉時代の日本人はそれほど動物と親しく暮らしていたのであろうか？

それらの動物が人とどのような関係の中で万葉集に登場しているのか、という視点で見直してみることにした。

二 チョウは歌の中には登場しない

動物の登場する回数は動物によって相当異なっている。ある動物は数十回あるいは一〇〇回以上出てくるのに、ある動物は一回か二回しか出てこない。そこに当時の人々の好みというか関心のありかたを見ることができる。

哺乳類の中でもっとも多く出てくるのは、登場回数八八回の馬である。

日本に古来いたとされる野生ウマはかなり古くに絶滅したと考えられているが、その後縄文時代には、人手によって家畜化されたウマが数多くもたらされていた。人々はウマの毛色によって赤駒、青馬、葦毛などと区別し、いろいろな用途に頻用していたものと思われる。

馬の次に多いのは鹿である（六三回）。

野生の鹿は今でも日本各地で多数見られるから、当時の人々は鹿には度々出合っていたにちがいない。一括して鹿猪（しし）と呼ばれて狩りの対象とされていた野生の大型獣（シカ、イノシシ）は、一五回この「しし」という名で登場する。したがってシカの回数はもっと増えることになる。

これらはいずれも人々に近しい存在であったにちがいない。

興味があるのはその次の鯨魚（いさな）すなわちクジラである（一二回）。これがどのような種類のクジラであったかはよくわからないが、当時の人々がクジラを食べていたことは、いろいろなことから推察されている。果たして当時海辺にすんでいた人々はクジラ漁をしていたのだろうか？　これについては後にもう少し検討してみたい。

鳥になると、登場回数はぐっと多くなる。

単に「鳥」として出てくる場合が五八回。

ただしこれは春鳥、朝鳥、群れ鳥、百々鳥、沖つ鳥などとして詠まれているので、どの種類の鳥なのか、ほぼ推察はできるとしても、しかとはわからない。

けれど、そのキョキョキョキョという特徴のある鳴き声や出現の季節性などによって、明らかに特定できたと考えられるホトトギスは、何と一五五回も登場する。

ホトトギスの次には、雁が六六回、ウグイスが五一回、鶴が四五回、鴨が二九回とつづく。味鴨の八回を含めると、鴨は三七回に達する。

いずれも今日なおポピュラーな鳥たちであり、今よりはるかに多く自然が存在していた万葉時代には、これらの鳥たちは人々にとってきわめて身近なものであったろう。歌の中にしばしば登場する理由もよくわかる。

しかし、真っ白でよく人目につく白鷺が、白鳥というのを含めてもわずか三回しか出てこないとか、雲雀（ひばり）もたった三回とかいうのを見ると、万葉時代の人々が鳥とどのように関わっていたかについて、いささかの疑問も感じてくるのである。そもそもウグイスよりホトトギスにより多くの関心をもっていたのはなぜであろうか？

ひょっとすると万葉時代の人々は音の世界に敏感であったのかもしれない。

たとえばカエル、特におそらくカジカガエルのことは、川津などとして二〇回も出てくるが、ヒキガエルは二回しかない。

ヒキガエルも特徴のある声で鳴くが、それは春早くの繁殖期というごく短い時期に限られる。その後、人々がヒキガエルをよく見かける夏には、ヒキガエルは事実上無言である。それゆえにヒキガエルの登場回数が少ないのであろうか？

昆虫類の中で多いのは鳴き声を立てるコオロギ（七回）とヒグラシ（九回）であり、あの光で人目を引いたに違いないホタルの登場はわずか一回だけ、野や道ばたをひらひらしていたはずの蝶は歌の中には登場しない。やはり人々は音の世界に生きていたのだろうか？

けれど、特定されたヒグラシに対して、一般としての蟬（セミ）は一回しか登場しない。よく知られた子守歌にある「裏の松山セミが鳴く」というような情況はいくらでもあったにちがいないが、どうやら昼間のセミたちの声には関心は払われていなかったようである。あまりにもあたり一面からバックグラウンド・ミュージック的に聞こえてくるからであったのだろうか。

万葉集が形成されたのがいつか、あまりよくはわかっていないらしいが、きわめて大ざっぱに八世紀ごろと思ってよいだろう。

そのころの日本には今の日本よりはるかに自然のままの野山が多かったにちがいない。けれど、だから万葉時代には今より多様な動物が人々の近くにたくさんいただろうとは必ずしもいえない。

人の手の加えられていない原生林には、そこにしかいない生物も多いけれど、うっそうとした暗い深い森の生物が多様で数も多いとは限らないのである。

人がそのような山に手を加え、人里に近い明るい林にしていくと、かえっていろいろな植物や動物が住みつくことにもなる。いわゆる里山とか社寺林（社叢）がその例である。多くのアゲハチョウやホタルなどは、原生林の虫ではなく、むしろ人里の動物である。スズメ、ツバメもそうである。

だから、万葉時代の自然を想像することはなかなかむずかしい。今、われわれが比較的よく見かけるモンシロチョウにしても、万葉時代にはそれほどたくさんいたとは思えない。モンシロチョウは明るい場所が好きであり、彼らの幼虫の食物となるアブラナ科植物も開けた明るい土地にしか育たないからである。

田畑がそれほど広がってはいなかったであろうあの時代には、そのような場所は大きな川の河原のようなところぐらいにしかなく、あとは林におおわれていただろう。そして、モンシロチョウはその体温調節のしくみからいって、林の中には住めない。だから万葉時代には、モンシロチョウは今ほどポピュラーなチョウではなかったであろう。

一方、林の中に住むチョウは今よりずっと多く、それらのチョウが林に沿った道端をひらひらしていたことは疑いない。

けれど万葉集の中にチョウはほとんど登場しない。それは自然界の中にチョウがいなかったからではなく、万葉の歌を詠んだ人々の世界の中にチョウが存在していなかったからだと考えるほかはない。つまり万葉集に登場する動物は、当時の自然を反映するものではけっしてないのである。

三　クジラと海

たとえば「鯨魚（いさな）」すなわちクジラは一二回も登場する。古典の中にクジラが出てくるのは世界的にも珍しいと思われるが、すでに多くの万葉集研究で示されているとおり、万葉集に現れる鯨魚は、けっして現実の生きたクジラの描写ではない。

「鯨魚（いさな）」単独で現れることはなく、必ず「鯨魚取り」という成句となって使われている。このことからすぐ、これは単なる枕ことばにすぎないのではないかと想像される。そして万葉集の解説書にあるとおり、まさにそうなのである。

一応、いくつかの歌にあたってみよう。

……潟は無くとも　鯨魚取り　海辺を指して……　（一三一）

……沖見れば　とゐ波たち　辺見れば　白波さわく　鯨魚取り　海を恐み　行く船の……　（二二〇）

大船に　真梶貫きおろし　いさなとり　海路に出でて　あへきつつ　わが漕ぎ行けば……　（三六六）

やすみしし　わご大君の　あり通ふ　難波の宮は　鯨魚取り　海片附きて　珠拾ふ　浜辺を

近み……
鯨魚取り　海や死にする山や死にする……（一〇六二）
昨日こそ船出をせしか鯨魚取り比治奇《ひじき》の灘を今日見つるかも（三八五二）
（三八九三）

他の歌もみなこういった調子である。要するにこれらは「いさな」そのものではなく、概念の中での「いさな」を海とか浜ということばと結びつけただけのものなのである。

それらのどの歌にも「鯨魚」をとる状景などは述べられていない。したがってわれわれは、万葉時代の人々が、どんな種類のクジラを、どんなふうにして捕らえ、どのようにして食べていたかを、万葉集の歌の中から知ることはできない。

万葉集の解説書に必ず述べられているとおり、「鯨魚取り」というのは単に「海」の枕ことばにすぎない。万葉集の成立に貢献した当時の知識人たちは、鯨魚ということばを知識としてはよく知っていたが、実際のクジラと近しかったわけではなかったのである。

しかし中西進が『万葉集（全訳注・原文付）』（講談社文庫）（一）で述べているとおり、この「鯨魚とり」ということばも「次の語と一つの連合表現になっている」。「あの巨大なクジラもとれるという大きな、恐ろしい海」という感情がそこにはにじみでているのだ。

クジラをどのようにして食べていたかはわからないが、少なくとも万葉の時代の人々は、クジラという動物の存在を知っていた。それが大きな海に住んでいることも知っていた。万葉集の歌を詠んだ人たちは、生きているクジラを見たり捕らえたりしたことはおそらくなかったであろうが、話には聞いていた。つまり彼らが頭の中に描いている、いうなれば現実ではない、イリュージョンのようなもので構築された世界の中に、ある種の恐ろしさをもった動物として、クジラは存在していたのである。

四　歌われた鳥たち

鳥についてはどうであろうか？

鳥はたくさん登場するので、いちばん多く出てくるホトトギスとウグイスについて見てみよう。

古《いにしへ》に恋ふらむ鳥はほととぎすけだしや鳴きしわが念《おも》へる如《ごと》　（一一二）

「ホトトギスは懐旧の鳥といわれるから、私が思っているように古きを恋うて鳴いているのだろう」ということか。実際にホトトギスの声を聞いて詠んだのかも知れないが、歌の中のホトトギスは自然の中にではなくて、作者の思い描く世界の中にいる。

信濃なる須賀の荒野にほととぎす鳴く声聞けば時すぎにけり　（三三五二）

ここでもホトトギスは懐旧の鳥として詠まれている。須賀の荒野というのがどのような野原なのかわからないが、ホトトギスはあまり野原には住まないし、ホトトギス自身が古きを恋うる感情などをもっているはずはないだろうから、これは当時の人々に相通じていた概念の象徴としてのホトトギスを借りて、作者の気持ちを歌ったものであって、ホトトギスそのものを歌ったものではない。

藤波の咲き行く見ればほととぎす鳴くべき時に近づきにけり　（四〇四二）

この歌はもっと現実的なものに思われる。「フジが咲きはじめたのを見ていると、もうホトトギスが鳴いてもよいころだ。早く鳴け。」

これは当時の人々の季節感をよく表わしているのではないだろうか。フジの花という、だれにでもそれと気づけるものを目印にして、それとホトトギスの声を結びつけるのは、万葉時代の人々に共通した感覚であっただろう。そしておもしろいことに、自然の状態がこれほど変化してしまった現代のわれわれにも、この感覚は相通じるものがある。それは暦の上の日付やイリュージョン的世界の中ではなく、自然界の気温・日長などの年間推移によって規定されたフジの開花期とホトトギスの繁殖期との一致が、万葉の時代も今も変わっていないからである。

狛山《こまやま》に鳴くほととぎす泉川渡《いずみかわわたり》を遠み此処に通はず　（一〇五八）

中西進の解説によると、狛山は泉川北岸の山で、鹿背山の向いにあるという。作者はどこにいるのだろう？　ホトトギスの声が対岸の山から聞こえてくるが、鳥はこちらには渡ってきてくれない。おそらくこの情況に託して、自分の思う人への気持ちを歌ったものであろう。概念世界なのか現実なのかがよくわからない、詩的なものを感じる。

ウグイスになると、もっと現実的な鳥の姿が目に浮かぶものが多くなる。

春されば木末《こぬれ》隠れてうぐひすぞ鳴きて去ぬなる梅が下枝に　（八二七）
うちなびく春ともしるくうぐひすは植木の木間を鳴き渡らなむ　（四四九五）
梅の花散らまく惜しみわが園の竹の林にうぐひす鳴くも　（八二四）

この八二四番はなんとなく変である。ウグイスが竹の林で鳴くだろうか？

あらたまの年行きがへり春立たばまづわが屋戸にうぐひすは鳴け　（四四九〇）

これなどはウグイスはまったく作者の概念の世界にいるとしか考えようがない。
それにしても、万葉の人々はなぜウグイスよりホトトギスに心をひかれたのであろうか？　声というなら、どちらの声もよくひびく。思わず耳に入ってしまう声である。今のわれわれにとっては、ウグイスのほうがはるかに近い鳥であろう。しかし、のどかにホー・ホケキョと鳴くウグイスより、何かせき立てるようにキョキョキョと鳴くホトトギスの声に、万葉びとは共感を覚えたのであろうか？　それともいろいろと言い伝えの多いホトトギスに、より関心をもっていたのであろうか？　私たちにはそこがよくわからない。

ホトトギスは他の鳥に托卵する。他の鳥の巣に自分の卵を産みこみ、孵ったホトトギスのひなは本来のウグイスのひなを巣の外へ放り出して、ウグイスの親がもってくる餌を独占して育つ。

日本では托卵というから聞こえがいいが、ヨーロッパ語では「寄生」（パラサイト）という。ホトトギスはまさにウグイスのパラサイトなのだ。

一七五五番の歌には、この関係が詠まれていて興味ぶかい。

「うぐひすの　生卵《かひこ》の中に　ほととぎす　独り生まれて　己《な》が父に　似ては鳴かず　己が母に　似ては鳴かず　卯《う》の花《はな》の　咲きたる野《の》辺《へ》ゆ　飛びかけり　来鳴き響《とよ》もし……」とある。

作者はどこからこんな知識を手に入れたのであろうか？　まさか自分で確かめたわけではないだろう。

五　万葉人の世界

古典を読んでいると、かなり古い時代の人々が自然界の意外なことを知っているのに驚くことがある。すでに二〇〇〇年以上も前、ヘロドトスの『歴史』によれば、人々はナイル川における魚の受精のことを知っていたらしい。

それと同時に、その当時に当然たくさんいて、人々の目に触れていたはずの動物が、まったく登場しないという場合もきわめて多い。

すでに述べたとおり、万葉集にはチョウが事実上登場しない。まったく同じことが聖書にもある。旧約・新約を通じて、聖書にはチョウについての記述がまったくないのである。

聖書ができあがったあの時代、あの地域にチョウがいなかったなどとは到底考えられない。かなりの乾燥地であるとはいえ、現在は少なからぬ種類のチョウがいる。聖書成立の時代にも、当然、それらのチョウはいたはずである。けれど聖書の中には登場しないのだ。

万葉集には多くの動物が出てくるけれど、まったく欠落しているものもある。全体として動植物がごくわずかしか登場しない聖書の場合ならまだ理解もできようが、動植物がたくさん出てくる万葉集だから、これはきわめてふしぎなことのように思われる。

欠落しているのは、たとえばタヌキである。タヌキはもともと大昔から日本にいた動物で、人間の近くにもたくさん生活していた。昼は地中にもぐっていて夜だけ出てくるアナグマとはちがって、人目にもよくついたはずである。だからのちに、タヌキが人を化かすという話が当然のこととして広まったのである。

縄文・弥生時代の遺跡からはタヌキの骨が出土しており、有史以前から食料にされてきたことは明らかだとされている。

タヌキはムジナと呼ばれることも多く、そのムジナとはアナグマのことだという解釈もあるが、従来、タヌキとムジナは混同されてきた。けれど万葉集にはタヌキもムジナもまったく現れないのである。なぜなのであろうか？

それは美学的理由からかもしれない。タヌキやムジナには美学的要素がないからか？　それとも人を恋うる気持ちの象徴として中国や日本の故事に引かれたことがないからか？

キツネも一回だけしか登場しない。それも「さし鍋に湯沸かせ子ども櫟津《いちひつ》の檜橋より来む狐に浴むさむ」（三八二四）という奇妙な歌にだけである。

当然のことであるが、古典に現れる動物は、その当時にいた動物たちをそのまま反映したものではない。

それは古典というものが、その古典の成立に関わった人々の「世界」を示すものだからである。

当然、動物としても、その「世界」の中に存在していた動物だけが登場する。

聖書の成立に関わった人々の「世界」の中に、チョウは存在していなかった。だから聖書にチョウは出てこない。「野に咲く花を見なさい」ということばはあるが、その花にチョウはきていないのだ。

万葉集においても、「蝶」は二回しか登場しない。しかも歌の中ではない。一回は巻五の

「梅花の歌序」に、「天平二年正月十三日……庭には新蝶舞ひ……」とある。もう一回は三九六五と三九六六番の歌に対する大伴宿禰池主の返信の中に「戯蝶花を廻りて舞ひ……」とあるだけだ。そしてこの文も、中国書からの転用とされている。聖書のみならず、万葉時代の人々の「世界」にも、チョウはほとんど存在していなかったようである。

古典がその成立に関わった人々の「世界」を示すものである以上、古典の記述からその当時の自然や「生態系」を想像することはできない。そのような試みもよくなされているようであるが、これは重大な誤認を生む。古典に描かれ述べられているのは、あくまでその当時の人々がもっていた「世界」なのだ。

それは一つのイリュージョンの世界である。イリュージョンは現実のものでないから正しくない、そんなものを信用せず、あくまで事実を追究すべきだと考える人もいる。しかし私たちはそうは思わない。

六　イリュージョンなしに世界はない

二〇〇〇年から始まった文部省科学研究費による重点領域研究の一つに「古典学の再構築」というのがある。筆者の一人である日高もその関係者として、二〇〇一年九月に東京で開かれた国際シンポジウムで「Classics as viewed from Ethology」（動物行動学から見た古典）という英語講演をした。

地球上には一〇〇万種とも二〇〇万種ともいわれるさまざまな動物がいるが、彼らはそれぞれに自分の「世界」をもっている。その「世界」というのは、それぞれの動物が自分に遺伝的にそなわった知覚と認識のプログラムに従って、自分をとり囲む環境の中のいろいろな事物に意味を与えることによって構築しているものである。

ある動物にとって意味をもつものも、ちがう動物にとっては意味がない。あるいはその意味するところがまったくちがう。たとえば木の葉を食う毛虫にとって、木の葉は食物としての意味をもっているが、その毛虫を捕らえて自分の子どもの食物として巣へ持ち帰ろうとしているハチにとっては、木の葉は毛虫のいる場所としての意味しかない。木の葉の栄養は毛虫にとっては不可欠なものだが、ハチにとっては存在しないも同然である。

このようにして、自然界の中にあるさまざまなものは、ある動物にとっては存在するが、ちがう動物にとっては存在しないに等しい。つまりおのおのの動物が認識しているものは、ある意味ではつねにイリュージョンにすぎないのである。

しかしそれぞれの動物は、自分のイリュージョンによって自然を「見」ている。そしてそれによって自分の世界を構築している。すべての動物に共通した「客観的」な自然などというものは存在しない。存在しているのは、それぞれの動物がそれぞれのイリュージョンによって構築した「世界」だけなのである。いいかえれば、何らかのイリュージョンなしに世界は存在し得ないということになろう。

動物の一種である人間においてもまったく同じことである。人間はハチや毛虫のとはちがう人間のイリュージョンによって自然を認識しており、それによって生きている。

ただ他の動物と少しちがうところは、時代や情況によって、そのイリュージョンが変わりうる場合があることだ。

けれど、そのようなことは他の動物においてもおこる。たとえばメスを探して飛びまわっているオスのチョウたちにとって、意味のあるのはメスである可能性の高い色やもようのものであって、それ以外のものたとえば花は、たとえたくさん咲いていても目に入らない。それらは彼らの世界の中に存在していないからである。

しかし、時が移って午後になると、恋のひとときを終えたオスたちは空腹をおぼえる。そうなると彼らは花を求めるようになる。そして彼らの世界にはそれこそ忽然として花が現れてくるのである。

花は朝からそこに咲いており、花蜂たちはそれをめぐって飛びまわり、蜜を求めていた。だから自然の中に花は厳然として存在していたのである。

けれど、メスを求めて飛びまわるオスのチョウたちがそのイリュージョンによって構築していた世界の中には、花は存在していなかったのだ。

チョウのような動物にとっては、意味のあるものも限られており、したがってその上に生じるイリュージョンにもいくつかのパターンがあるにすぎないが、やたらに複雑なことを考えるようになってしまった人間という動物は、じつに多様なものに意味を与え、それによって生まれる、ときには理解し難いイリュージョンに立って世界を作りあげる。

さまざまな古典を読んでみると、人間がいかにさまざまなイリュージョンによってものごとを認識し、「世界」を構築してきたかがわかる。たとえば、かつて人間は「天動説」というイリュージョンをもち、それが現実だと信じこんで世界を構築していた。現在は「地動説」である。しかしこれもまた一つのイリュージョンなのかもしれない。

万葉時代の人々は、それなりのイリュージョンをもってたのしく生きていた。その「世界」にはチョウもタヌキもいなかったかもしれないが、それはそれでよかった。その当時の人々の「世界」はそれで完結していたからである。鳥はたくさんいたけれど、それは古きを恋う鳥であったり、会えぬことを悲しんで鳴く鳥であったりした。それは人間が勝手に枕ことばに使うだけの鳥だったかもしれない。万葉集を読んでいくと、そのような動物の登場がやたらと多いことがわかる。

人間のイリュージョンは時代によって変わる。古事記にはきわめて重要なものとしてしばしば登場するトンボ（あきづ、蜻蛉）は、万葉集では直接トンボとしては現れず、蜻蛉島（あきづしま）や蜻蛉野（あきづの）などという地名としてしか出てこない。古事記には雄略天皇の手にとまったアブをいち早くトンボが食べたという記述すらあるのに、万葉集ではトンボは事実上消えている。

古今、新古今になると、登場する動物も、その現れかた、詠まれかたもまた異なっている。その時代、その時代によるイリュージョンとそれによって構築される世界が移り変わっていくのがじつに興味ぶかい。

万葉集では人間と人間の濃密な関係が人々の世界の軸であった。鳥もけものも、そして虫も、ほとんどすべて人との関係、それも「恋うる」に近い関係を歌うためのシンボルとして使われている。歌が抒情詩である以上、それは当然のことかもしれないが、そこに万葉とその時代の特徴が示されているような気もするのだ。

くりかえしていうが、万葉集から動物の生態を知ることはほとんどできない。われわれが知りうるのは、当時の人々がどんな「世界」をもっていたかということである。そしてそれを知ることは、われわれが自分たちの生きかたを考える上で、きわめて重要なものだといえるだろう。

【動物が登場する歌一覧】（数字は歌番号）

【哺乳類】（一三 一九七首）

●**鯨魚・勇魚（いさな）鯨**：一三一 一三八 一五三 二二〇 三六六 九三一 一〇六二 三三三五 三三三六 三三三九 三八五二 三八九三（一二）

●**犬**（いぬ）：八八六 一二八九 三二七八（三）

●**鹿猪**（しし）：一九九 二三九 三七九 四七八 九二六 一〇一九 一二九二 一八〇四 二四九三 三〇〇〇 三二七八 三三四四 三四二八 三五三〇 三八四八（一五）

●**牛**：一二一八 一七八〇 三八三八 三八八六（四）

●**馬**：四 四九 一三六 一六四 二三九 二六三 三六五 四七八 五二五 五三〇 七一五 七九三 八〇四 八一二 八六三 八七七 九二六 九四八 九五六 九六六 一〇〇二 一〇一九 一〇四七 一一〇四 一一四八 一一五三 一一九一 一一九二 一二七一 一二八九 一二九一 一七二〇 一八五九 二一〇三 二二〇一 二四二一 二四二五 二五一〇 二五一二 二六五二 二六五三 二六五四 三〇六九 三〇九六 三〇九七 三〇九八 三一五四 三二七六 三二七八 三三〇三 三三一三 三三一四 三三一七 三三二七 三三二八 三三八七 三四三九 三四四一 三四五一 三五三二 三五三三 三五三四 三五三五 三五三六 三五三七 三五三八 三五三九

三五四〇　三五四二　三八四六　三八八六　三九五四　三九五七　三九九一　三九九三　四〇二二
四〇八一　四〇八三　四一一〇　四一二二　四一五四　四二〇六　四二四九　四二六〇　四三七二
四四一七　四四二九　四四九四　（八八）

●**狐**（きつね）：三八二四　（一）

●**熊**（くま）：二六九六（荒熊）　（一）＊恐ろしいことの形容詞として用いられている

●**猿**（さる）：三四四　（一）

●**鹿**（しか）：八四　四〇五　五〇二　五七〇　九五三　一〇四七　一〇五〇　一〇五三　一二六二
一四一七　一五一一　一五四一　一五四七　一五五〇　一五六一　一五七六　一五八〇　一五九八
一五九九　一六〇〇　一六〇二　一六〇三　一六〇九　一六一一　一六一三　一六六四　一六七八
一七九〇　二〇九四　二〇九八　二一三一　二一四一　二一四二　二一四三　二一四四　二一四五
二一四六　二一四七　二一四八　二一四九　二一五〇　二一五一　二一五二　二一五三　二一五四
二一五五　二一五六　二二二〇　二二六七　二二六八　二二七七　三〇九九　三二七八　三五三〇
三六七四　三六七八　三六八〇　三八七四　三八八四　三八八五　四二九七　四三一九　四三二〇　（六三）

●**龍の馬**（たつのま）八〇六　八〇八　（二）＊漢語「龍馬」の翻訳語で駿馬のことをいう

●**虎**（とら）：一九九　三八三三　三八八五　（三）

●**鼯鼠**（むささび）：二六七　一〇二八　一三六七　（三）

●兎（をさぎ）：三五二九　（一）

【鳥類】（五一　五八六首）

●秋沙（あきさ）ガンカモ科のアイサ：一一二二　（一）

●あぢ（味）味鴨のこと：一九六　二五七　四八五　四八六　一八〇四　三五四七　三九九一　四三六〇　（八）

●獦子鳥（あとり）：四三三九　（一）

●斑鳩（いかるが）：三二三九　（一）

●鵜（う）：三八　三五九　九四三　三三三〇　三九九一　四〇一一　四〇二三　四一五六　四一五八
四一八九　四一九〇　四一九一　（一二）

●鶯（うぐひす）：八二四　八二七　八三七　八三八　八四一　八四二　八四五　九四八　一〇一二
一四三一　一四四一　一四四三　一〇五三　一〇五七　一七五五　一八一九　一八二〇　一八二一
一八二四　一八二五　一八二六　一八二九　一八三〇　一八三七　一八四〇　一八四五　一八五〇
一八五四　一八七三　一八八八　一八九〇　一八九二　一九三五　一九八八　三二二一　三九一五
三九四一　三九六六　三九六八　三九六九　三九七一　四〇三〇　四一六六　四二七七　四二八六
四二八七　四二九〇　四四四五　四四八八　四四九〇　四四九五　（五一）

●鶉（うづら）：一九九　二三九　四七八　七七五　一五五八　二七九九　三八八七　三九二〇　（八）

●**大鳥**（おおとり）：二一〇　二一三　（二）
●**貌鳥・容鳥**（かほとり）カッコウ（郭公）のこと：三七二　一〇四七　一八二三　一八九八　三九七三　（五）
●**鷗**（かまめ）カモメ：二　（一）
●**鴨**（かも）：五〇　六四　二五七　二六〇　三七五　三九〇　四一六　四六六　七一一　七二六　一二二七　一四五一　一七四四　二七二〇　二八〇六　二八三三　三〇九〇　三〇九一　三五二四　三五二五　三五二七　三五七〇　三六二五　三六四九　三八六六　三八六七　三九九三　四〇一一　四三三九　（二九）
●**烏**（からす）：一二六三　三〇九五　三五二一　三八五六　（四）
●**雁**（かり）：一八二　九四八　九五四　一一六一　一五一三　一五一五　一五三九　一五四〇　一五五六　一五六二　一五六三　一五六六　一五六七　一五七四　一五七五　一五七八　一六一四　一六九九　一七〇〇　一七〇一　一七〇二　一七〇三　一七〇八　一七五七　二〇九七　二一二六　二一二八　二一二九　二一三〇　二一三一　二一三二　二一三三　二一三四　二一三五　二一三六　二一三七　二一三八　二一三九　二一四四　二一八一　二一八三　二一九一　二一九四　二一九五　二二〇八　二二一二　二二一四　二二二四　二二三八　二二六六　二二七六　二二九四　三二二三　三二八一　三三四五　三六六五　三六七六　三六八七　三六九一　三九四七　三九五三　四一四四　四一四五　四二二四　四二九六　四三六六　（六六）

●**雉**（きぎし）キジのこと：三八八　四七八　八六三　一四四六　一八六六　三二一〇　三三一〇
四一四八　四一四九　（九）
●**鳧**（けり）：四三三九　（一）
●**坂鳥**（さかどり）ニワトリのこと：四五　（一）
●**鷺**（さぎ）：一六八七　三八三一　（二）
●**鴫**（しぎ）：四一四一　（一）
●**しなが鳥**（しながどり）：カイツブリのこと：一一四〇　一一八九　一七三八　二七〇八　（四）
●**白鷺**（しらさぎ）：三八三一　（一）
●**白鳥**（しらとり）：五八八　一六八七　（二）
●**菅鳥**（すがどり）ハト、ヨシキリ、オシドリなど諸説あり：三〇九二　（一）
●**渚鳥・洲鳥**（すどり）：二八〇一　三五三三　三五七八　三九九三　四〇〇六　（五）
●**鷹**（たか）：三四三八　四〇一一　四〇一二　四〇一三　四一五四　四一五五　四二四九　（七）
●**たかべ**コガモの古名：二五八　二八〇四　（二）
●**鶴**（たづ）：七一　二七一　三二四　三五二　三八九　四五六　五〇九　五七五　五九二　七六〇
九一九　九六一　一〇〇〇　一〇三〇　一〇六二　一〇六四　一一六〇　一一六四　一一六五
一一七五　一一九八　一一九九　一四五三　一五四五　一七九一　二一三八　二二四九　二二六九
二四九〇　二七六八　二八〇五　三五二二　三五二三　三五九五　三五九八　三六二六　三六二七

三六四二　三六五四　四〇一八　四〇三四　四一一六　四三九八　四三九九　四四〇〇　（四五）

●**鵠**（たづ）鵠はハクチョウのことだが、鶴にも用いられた：二七三　（一）

●**千鳥**①（ちどり）：二六六　二六八　三七一　五二六　五二八　六一八　七一五　九一五　九二〇
九二五　九四八　一〇六二　一一二三　一一二四　一一二五　一二五一　二六八〇　三〇八七
四一四六　四一四七　四二八八　四四七七　（二二）

●**千鳥**②（ちどり）たくさんの鳥という使い方の場合：二八〇七　三八七二　三八七三　四〇一一
（四）

●**燕**（つばめ）　四一四四　（一）

●**鳥**①種類を示していないもの：一六　七八　一一一　一五三　一八〇　一九二　一九六　一九九
二〇七　二一〇　二一三　三二二　三四八　三七三　四八一　四八三　五三四　六六三　七六一
七九三　八三四　八七七　八九三　八九八　九二四　九二六　九七一　一〇四七　一〇五〇
一〇五九　一一六二　一一七六　一一八四　一三六六　一三六七　一七八五　一八〇〇　一八〇四
一八五八　二一六六　二二三九　三〇八八　三〇八九　三二九一　三三二六　三三三六　三三九六
三七九一　三八七〇　三九八七　四〇〇八　四〇一一　四〇八九　四一五四
四一六六　四三九八　四四〇八　四四七四　（五八）＊春鳥、朝鳥、群鳥、百鳥（ももどり：鳥々）、
沖つ鳥（沖に集まる鳥）など

●**鳥**②味鴨のこと：九二八　（一）

●鶏（とり）・庭つ鳥：一九九　三八二　一四一三　一八〇七　二〇二二　二八〇〇　二八〇三
三〇九四　三一九四　三三一〇　四〇九四　四一三一　四二三三　四二三四　四三三一　四三三三　（一六）

●鳰鳥（にほどり）カイツブリのこと：七二五　七九四　二四九二　二九四七　三三八六　三六二七
四一〇六　四四五八　（八）

●ぬえ鳥　トラツグミのこと：一九六　八九二　一九九七　二〇三一　三九七八　（五）

●鵼子鳥（ぬえこどり）：五　（一）　＊ぬえ鳥とぬえこどりは同じ

●放ち鳥（はなちどり）：一七〇　一七二　（二）　＊「池の放ち鳥」として

●雲雀（ひばり）：四二九二　四四三三　四四三四　（三）

●比米（ひめ）：三二三九　（一）

●雀公鳥（ほととぎす）：一一二　四二三　一〇五八　一四六五　一四六六　一四六七　一四六八
一四六九　一四七〇　一四七二　一四七三　一四七四　一四七五　一四七六　一四七七　一四八〇
一四八一　一四八二　一四八三　一四八四　一四八六　一四八七　一四八八　一四九〇　一四九一
一四九三　一四九四　一四九五　一四九七　一四九八　一四九九　一五〇一　一五〇五　一五〇六
一五〇七　一五〇九　一七五五　一七五六　一九三七　一九三八　一九三九　一九四〇　一九四二
一九四三　一九四四　一九四五　一九四六　一九四七　一九四八　一九四九　一九五〇　一九五一
一九五二　一九五三　一九五四　一九五五　一九五六　一九五七　一九五八　一九五九　一九六〇

一九六一　一九六二　一九六三　一九六八　一九七六　一九七七　一九七八　一九七九　一九八〇
一九八一　一九九一　三一六五　三三五二　三七五四　三七八〇　三七八一　三七八二　三七八三
三七八四　三七八五　三九〇九　三九一〇　三九一一　三九一二　三九一三　三九一四　三九一六
三九一七　三九一八　三九一九　三九四六　三九七八　三九八三　三九八四　三九八七　三九八八
三九九三　三九九六　三九九七　四〇〇六　四〇〇七　四〇〇八　四〇三五　四〇四二　四〇四三
四〇五〇　四〇五一　四〇五二　四〇五三　四〇五四　四〇六六　四〇六七　四〇六八　四〇六九
四〇八四　四〇八九　四〇九〇　四〇九一　四〇九二　四一〇一　四一一一　四一一六　四一一九
四一六六　四一六八　四一六九　四一七一　四一七二　四一七五　四一七六　四一七七　四一七八
四一七九　四一八〇　四一八一　四一八二　四一八三　四一八九　四一九二　四一九三　四一九四
四一九五　四一九六　四二〇三　四二〇七　四二〇八　四二〇九　四二一〇　四二三九　四三〇五
四四三七　四四三八　四四六三　四四六四　（一五五）

●**真鳥**（まとり）ワシのこと：一三四四　三一〇〇　（二）

●**みさご**：三六二　三六三　二七三九　二八三一　三〇七七　三二〇三　（六）

●**水鳥**（みずとり）：一二三五　一五四三　三五二八　四二六一　四三三七　四四九四　（六）

●**都鳥**（みやこどり）：四四六二　（一）

●**百舌鳥**（もず）：一八九七　二二六七　（二）

●**黐鳥**（もちどり）鳥もちに捕らえられた鳥のこと：八〇〇　（一）

●**山鳥**（やまどり）：一六二九　二六九四　二八〇二　三四六八　（四）

●**呼子鳥**（よぶこどり）カッコウのこと：七〇　一四一九　一四四七　一七一三　一八二二　一八二七　一八二八　一八三一　一九四一　（九）

●**鷲**（わし）：一七五九　三三九〇　三八八二　（三）

●**鴛**（をし）オシドリのこと：二五八　（一）

●**鴛鳥**（をしどり）：二四九一　四五〇五　四五一一　（三）

【は虫類】（一　二首）

●**亀**（かめ）：八六三　三八一一（亀の甲占い）　（二）

【両生類】（二　二二首）

●**蝦・河蝦**（かはづ）カエル、カジカ類の総称：三二四　三五六　六九六　九一三　九二〇　一〇〇四　一一〇六　一一二三　一四三五　一七二三　一七三五　一八六八　二一六一　二一六二　二一六三　二一六四　二一六五　二二二二　二二六五　三八一八　（二〇）＊川津、河蝦など

●**谷蟇・谷蟆**（たにぐく）ヒキガエル：八〇〇　九七一　（二）

【魚類】（一〇　三二首）

●年魚・鮎（あゆ）：四七五　八五五　八五六　八五七　八五八　八五九　八六一　八六三　八六九

九六〇　三二六〇　三三三〇　四〇一一　四一五六　四一五八　四一九一　（一六）

●魚（うお）：八六九　三六五三　（二）

●堅魚（かつを）：一七四〇　（一）

●鮪（しび）マグロ：九三八　四二一八　（二）

●鱸（すずき）：二五二　二七四四　三六〇七　（三）

●鯛（たひ）：一七四〇　三八二九　（二）

●鮒（つなし）コノシロのこと：四〇一一　（一）

●氷魚（ひを）：三八三九　（一）

●鮒（ふな）：六二五　三八二八　（二）

●鰻（むなぎ）：三八五三　三八五四　（二）

【昆虫類・甲殻類・くも類】（一一　三一首）

●蜻蛉（あきづ）：九〇七（蜻蛉の宮）　三二五〇（蜻蛉島）（二）

＊直接トンボを詠ったのではなく、蜻蛉島という使い方や地名（蜻蛉野）として

●**蟹**：三八八六　（一）

●**蜘蛛**（くも）：八九二　（一）

●**蚕**（こ）：二四九五　二九九一　三〇八六　三三五八　（四）

●**蟋蟀**（こほろぎ）：一五五二　二一五八　二一五九　二一六〇　二二六四　二二七一　二二一〇　（七）

●**蜾蠃**（すがる）ジガバチのこと：一七八三　一九七九　三七九一　（三）

●**蟬**（せみ）：三六一七　（一）

●**晩蟬**（ひぐらし）：一四七九　一九六四　一九八二　二一五七　二二三一　三五八九　三六二〇

三六五五　三九五一　（九）

●**蛾羽**（ひるはは）：三三三六　（一）

●**螢**（ほたる）：三三四四　（一）

●**虫**（むし）：三四八　（一）＊虫全般を指している

【貝類】（七　二四首）

●**鰒**（あはび）：二七九八　（一）

●**鰒珠**（あはびたま）アワビのもつ真珠のこと：九三三　一三二二　三二五七　三三一八　四一〇一

四一〇三　（六）

●**いろいろな貝**：二四五　一一九六　二七九六　二七九七　四三九六　（五）

●恋忘貝（こひわすれがひ）・忘れ貝：九六四　一一九七　三〇八四　三一七五　三七一一　（五）
＊二枚貝の片貝のこと
●しじみ：九九七　（一）
●小螺（しただみ）巻貝：三八八〇　（一）
●蜷（みな）タニシ、巻貝：八〇四　一二七七　三二九五　三六四九　三七九一　（五）
【その他】（二　一首）
●鮫龍（みづち：想像上の水霊で龍の類）：三八三三　（一）

万葉時代の美術

——正倉院の内と外

百橋明穂

百橋明穂
（どのはしあきお）
１９４８年生まれ。東京大学文学部美術史学科卒。同大学院修士課程修了。奈良国立文化財研究所、奈良国立博物館を経て、現在神戸大学教授。
著書に『仏教美術史論』（中央公論美術出版）、『仏伝図』（至文堂）、共著に『世界美術全集東洋編４隋唐』（小学館）など。

正倉院宝物に見る唐様との世界と万葉集に見る和様の世界とが、同時代的に多様な文化現象としてあり得たことは、今日に到るまでの日本文化の有り様を示唆している。

一　正倉院宝物の概要

　万葉集四五〇〇首余の歌はすでに明らかなように、その詠まれた時代を推定すれば飛鳥、白鳳時代を経て、いわゆる奈良時代に至る約一二〇年の長きにわたる。その間は激動の日本古代史が展開する。美術や文化についても大陸や朝鮮半島との関係において飛躍的に発展した時代である。一言でその発展の多様な諸相を説くことは困難である。飛鳥時代に始まる法隆寺の建築や美術、さらに白鳳時代の薬師寺の仏像も、はたまた高松塚古墳壁画やキトラ古墳壁画もまた万葉時代の美術と言えなくもない。

　ただ万葉時代の美術を正倉院宝物で代表させるとし、その古代美術の頂点として捉えるとしたら、それはあくまで中西進氏の時代区分(1)でいう、平城万葉、天平万葉の時代であり、聖武天皇を頂点とし、東大寺を筆頭とする国分寺が全国に甍を競った時代であり、遣唐使が派遣され、また鑑真をはじめ多くの先進文化を伝えた渡来人が行き交う国際交流のもっとも華やかな時代であった。それは万葉集の編者で、また歌人であった大伴家持の時代ということになろう。和銅三年（七一〇）都が藤原京から平城京に遷都され、やがて延暦三年（七八四）に平安京に移されるまでの間はまさに家持の生涯にあたる。ここでは八世紀の造形美術が対象となろう。

　正倉院(2)はその献物目録である、「国家珍宝帳」（「東大寺献物帳」）によれば、天平勝宝八年

（七五六）六月二一日、すなわち同年五月二日に亡くなった聖武太上天皇の四十九日にあたる日に、「国家珍宝、種々翫好及御帯牙笏弓箭刀剣兼書法楽器等」を捨て東大寺に奉納し、盧舎那仏及諸仏菩薩、一切賢聖を供養したのが嚆矢である。

光明皇太后の御製とされる格調高い前文をもつ献物帳には以下、盧舎那仏に献ずる袈裟に始まり、書蹟、刀子、牙笏、念珠、楽器、太刀、弓、胡禄、甲、鏡のほか屏風にいたる品々が目録されている。聖武天皇ゆかりの宝物は、北倉に伝来し、質が高い。殊に中国大陸からの舶載品が多く、シルクロードの香り高いことで知られている。眩いばかりの珍しい工芸品や絵画など、世界の珍宝が並んでいるといっても過言ではない。巻末には年記とともに大納言藤原仲麻呂や左京大夫藤原永手らの署名が記されている。[3] しかも東大寺への奉納はこれにとどまらず、同日六十種の薬を奉納した「種々薬帳」、七月二六日には屏風、花氈などを奉納した「屏風花氈帳」が、さらには天平宝字二年（七五八）六月一日に王羲之、王献之の真跡を奉納した「大小王真蹟帳」、同年一〇月一日藤原不比等の真跡屏風を奉納した「藤原公真蹟屏風帳」などがある。しかも聖武帝ゆかりの品々の奉納は東大寺ばかりではなく法隆寺ほか一七ヶ寺にも同類の奉納がなされていたことも看過できない。

仏寺への宝物奉納自体は決して前例のないことではないが、光明皇太后の東大寺への宝物の奉納は、これまでに例のないかなりの大規模なものであったことが推測される。正倉院成立の特殊な事情については様々な議論がある。[4] 光明皇太后は先帝聖武天皇の遺愛の品々のみならず、藤原家の娘として、父不比等、祖父鎌足が伝授してきた宝物をも合わせて東大寺に奉納しているのである。天武帝の正系を受け継いでいる聖武帝の財宝とその政権を支えてきた藤原家の財宝とを惜しげもなく毘盧舎那仏に奉納しなければならなかったのか、議論が多い。

やがて歴史は聖武帝の血統は自分の娘である孝謙・称徳帝をもって断絶し、天皇系図は一方の天智系の光仁・桓武へと移っていく。「これまで天武以来伝えてきたもの、あるいは藤家の祖父鎌足あるいは父不比等から受継いだ品々、こういった品々を後世に託すべき人がいなかったのではなかろうか[5]」という見方は正倉院成立の特殊な事情を窺わせる。正倉院のきら星のごとき宝物の数々を見てゆくと、天平時代の頂点を極めた壮大で、華やかな聖武帝の宮廷生活にあって、世界の珍宝に囲まれた日々のなかに、やがて黄昏を迎える人のなんとしてもその遺品をこの世に留めようとする強烈な意志を感ずる。

東大寺毘盧舎那仏（大仏）はまさに聖武帝の記念的モニュメントなのである。聖武帝は唐の玄宗皇帝とほぼ時を同じくして権力の頂点に達したが、当時の唐においては壮大なスケールの大仏造営が流行していた。東大寺の大仏はそのような東アジア世界の最先端の流行であった。富と権勢とを傾けても造営される大伽藍と宮殿は、今に唐代文化のコスモポリタン的な古典古代文化の華を伝えており、最近の中国における発掘はその文化遺産の質量を垣間見せてくれる。当時の日本もまた唐にその規範を仰ぎ、政治形態をはじめ、文化の隅々まで導入に走った。

一方造形美術工芸品は携帯可能であるゆえに、唐に渡った遣唐使が競って持ち帰ったであろう。当時の最高級な文化技術の輸入は遣唐使に与えられた大きな任務であったろう。持ち帰った目を見張るような高度な技法による、異国情緒あふれる美術工芸品は当然最高権力者である天皇やその宮廷において独占的に享受されたとみてよい。以上の光明皇后奉納の献物帳記載の宝物を帳内宝物とし、これ以外のものを帳外宝物とする。

天平勝宝四年（七五二）に大仏の開眼供養の法要が行われた時に用いられた道具や装束、奉納品なども東大寺に伝来し、また武器武具や文具、文書などが主に正倉院中倉に、また光明皇后の奉納以後も、聖武帝の年忌法要や各法会の時の仏具、伎楽面や楽装束などが正倉院南倉に合わせて納められている。さらに平安時代になって東大寺の各所からの仏具や文書などが正倉院に合流し、しかも後世の整理や出入りによって各倉間の移動があり、混乱もあるとされる。また借り出されて、結局返却されなかったものがあり、多くが失われていることも注意しておく必要がある。著名な例では天平宝字八年（七六四）の恵美押勝の乱に際して武器武具が持ち出され返却されなかった。

奈良時代から近世に至るまでしばしば宝物の点検が行われ、宝物の保全が図られている。よって正倉院は一時にできたのではなく、奈良時代半ばの奉納が始まって以後、東大寺の宝物が集積した結果であり、また現在にいたるまでの先人達の宝物の保護への努力の結果なのである。まさに万葉時代のタイムカプセルである。

二　各国から将来された美術品

今聖武帝遺愛の品々に限ってみると、異国情緒あふれる美術工芸品としての質の高さはいうまでもない。おそらく遣唐使が伝えた唐の都長安での最新流行の品々を反映しているとみてよい。しかし現在残っているもので、銘文やその材質などから大陸製で舶載品とされるものは意外に少ない。銘文から判断されるものに、金銀平文琴（北倉）がある。(6)年記があり、唐玄宗朝の開元二三年（七三五）、日本の天平七年にあたるとされる。見事な漆工芸品(7)で、金銀平文によって画かれた人物や花鳥の文様は華麗で美しい。類似する楽器の中で、大陸製とされるものに、螺鈿紫檀五弦琵琶（北倉）や螺鈿紫檀阮咸がある。あるいは騎象奏楽図を有する楓蘇芳染螺鈿槽琵琶（南倉）などもそのすぐれた絵画表現から見て、大陸製ということができよう。

同じような木工芸品(8)として、木画紫檀碁局（北倉）や木画紫檀双六局（北倉）がある。紫檀や象牙を用いた材質から見ても、またその緻密な工芸技法から見ても、大陸製であろう。さらに銘文から判断されるものに金銀花盤（南倉）(9)がある。年記ではないが、重量を示す銘文があり、また近年同類の盤が中国で出土していることから舶載の金銀器とみてよい。西アジアからの影響もあって唐代に流行した金銀器は、おそらく遣唐使達が競って将来したものと思われる。この正倉院には優れた金銀器が多い。銀薫炉（北倉）や銀壺（南倉）なども舶載品とされる。この

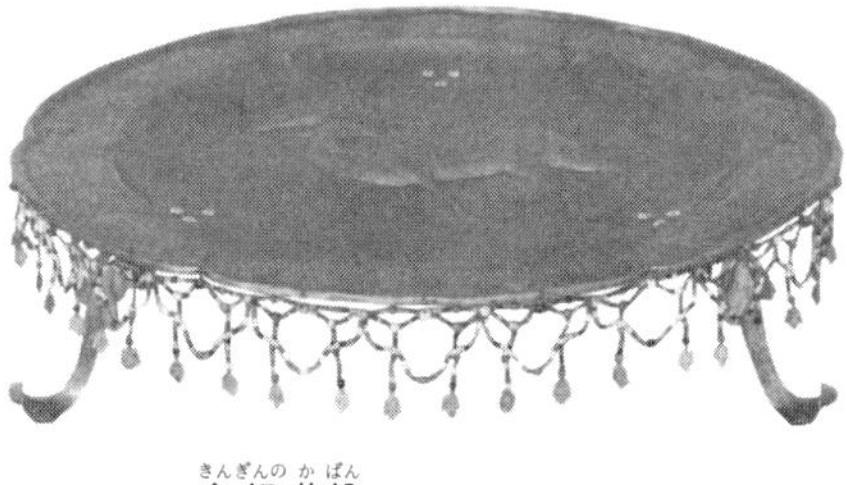

金銀《きんぎんの》花盤《かばん》
径 61.5 cm　高さ 13.2 cm（南倉）

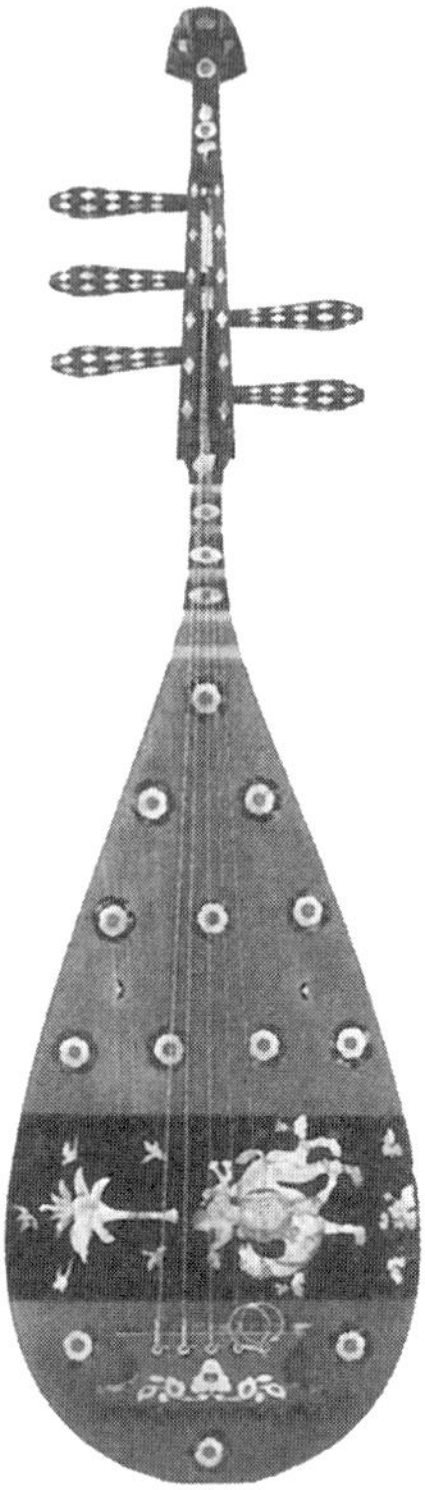

螺鈿《らでん》紫檀《したん》五絃《ごげん》琵琶《びわ》
長さ 108.1 cm（北倉）

白《はく》瑠璃《るり》碗《わん》
口径 12 cm　高さ 8.5 cm（中倉）

ほか鏡は螺鈿鏡や海獣葡萄鏡、さらに金銀平脱八画鏡（北倉）など、多くの中国での出土例もあり、それと比較して大陸製であることに問題がない。また金銀鈿荘唐太刀（北倉）がある。さらに西アジアからの影響とされるものではガラス器[10]がある。白瑠璃碗（中倉）や白瑠璃瓶（中倉）などは西アジアでの制作とされ、紺瑠璃壺（中倉）は中国製とされる。まさにシルクロードの交流品である。はっきりした生産地の特定はできないが、まさにシルクロードの語源ともなった染織品[11]には素晴らしい遺品が多い。

技法的には錦、綾、さらに毛氈などの織物や刺繡のほか、夾纈、﨟纈などの染物があり、材質的には絹、羊毛、麻などである。ことに豪華な錦や毛氈には西域風な文様が見事である。縹地大唐草文錦、赤地鴛鴦唐草文錦、赤地唐花文錦など唐草の渦巻く様は目も眩むばかりである。また花樹獅子人物文白橡綾や緑地狩猟文錦などはいかにもシルクロードらしい。夾纈、﨟纈の屛風は献物帳記載の遺品である。

染織品はペルシャや唐からの舶来品とそれを模した国産の品とがあるが、いずれも文様や技法はまさに西域や唐代のそれである。開元四年（七一六）銘をもつ墨がある。まさに養老二年（七一八）に帰国した第九次遣唐使の齎したものであろう。当時の筆記具としての墨、紙、筆は大量に消費されたであろうが、やはり舶来の文具は高級品として貴重品であったろう。

三 『万葉集』に海外情報は詠まれたか

さて、そのような聖武帝を中心とする都の王宮でのエキゾチックな文物に取り囲まれ、大陸の文化や風物に限りない憧憬を醸し出していた時代の中で、上は天皇から下は防人や名も知られぬ語り歌までを集めた万葉集には、異国の文物は一体どのように反映しているのであろうか。和銅三年（七一〇）に都が藤原京から平城京に遷都したが、飛鳥の古京に比して華やかさが人を魅了したことがわかる。

「故郷《ふるさと》の飛鳥はあれどあおによし平城《なら》の明日香を見らくし好しも」（九九二）と詠んだ大伴坂上郎女の元興寺の里を詠んだ歌は、飛鳥の古京の元興寺よりも平城へ移建された元興寺の華やかさを賛美し、奈良の都の豪華絢爛さを称えている。さぞかし都の人々にとって奈良の都に届いた大陸の文物を目にし、また生活の中にも反映する機会があったのではないかと想定したが、万葉の言の葉の中で異国の文物を示す単語はほとんどないといってよい。韓人、高麗人、韓国は別として、身近なものでは韓藍、韓衣、高麗錦、高麗剣などである。これらは女性達の身につける美しい文様や彩色のある服飾品である。かなりおしゃれなファッションとして目についたものらしい。

「韓衣君にうち着せ見まく欲《ほ》り恋ひそ暮らしし雨の降る日を」（二六八二）また「高麗錦紐解き

交し天人《あまひと》の妻問ふ夕《よひ》ぞわれも思《しの》はむ」（二〇九〇）など、具体的にはどういう文様彩色とは分からないが、恋焦がれる相手の象徴的なイメージに使われている。またここでいう韓《から》や高麗《こま》が朝鮮半島のみではなく、中国大陸の文物をも指していることは明かで、その区別がなされていないことも注目に値する。そのため特に大陸製の唐物を示す単語は見あたらない。しかし古来からある伝統的な染織品も卑下することがない。

山部赤人が歌った「古《いにしえ》に在りけむ人の　倭文幡《しつはた》の　帯解《おびと》きかえて　伏屋《ふせや》立て　妻問ひけむ　葛飾《かつしか》の　真間《まま》の手児名《てこな》が奥《おく》つ城《き》を……」（四三一）の倭文幡がある。[12] 伝説上に有名な古代の乙女は決して海外ブランド品で身を纏った美女ではなく、素朴な装身具をつけたやまと撫子であったようである。さらに色彩や染料を指す単語として韓藍《からあい》や韓紅《からくれない》がある。韓藍は夏に咲く鶏頭のことで、その鮮やかな真っ赤な色調は韓紅とともに目に鮮烈な印象を与えたにちがいない。しかしやはり身近に目にした植物といえば、古来からの桜や萩であって、外来の意味をこめて歌われるとすれば、梅や桃、柳など限られていた。

花を愛でるのでない場合では、草では葦や菅、すすき、樹木では松や、もみぢ、竹、橘といったむしろどこにでもあって珍しくもなく、生活に密着した植物であった。水気の多い、日本の気候風土から見て、葦原の茂る光景や、里山に緑豊かに松や竹の生い茂る山野はどこにでもある景色であったろう。このように万葉の歌詠みの目にすることのできた異国の風物は限られていた。

一般庶民は別としても、万葉集に加わった人には、立場上聖武帝を初めとする歴代の宮廷にも出入りすることのできた身分の人も多い。しかし少なくとも万葉集の歌には異国の具体的な文物に目を輝かせたということを歌おうとする傾向は全く感じられない。正倉院宝物のような個々の宝物に関して歌のなかに取り入れて歌ったものはない。あるいは東大寺大仏などのモニュメンタルな建造物や仏像、そして大寺院での法要などの大行事に関する讃歎、記念の歌というものも見あたらない。

大仏開眼会の行われた天平勝宝四年（七五二）には大伴家持は五年に及ぶ越中國の国司の任を解かれ、その前年に帰京して少納言に遷任されており、当然重要な役割を得て、開眼会には参加したものと見られるが、それに関する歌はない。

さらに天平勝宝八年（七五六）五月に崩御された聖武太上天皇の四十九日に行われた東大寺盧舎那仏への宝物奉納、即ち正倉院宝物寄進に関しても格別の歌はない。むしろこの頃天平勝宝七年から八年にかけては、辺境で呻吟する防人の歌を数多く収録し、またささやかな宴の歌が多い。

家持は「族《やから》に喩《さと》せる歌」（四四六五）や「病に臥して無常を悲しび、修道を欲《ほり》して作れる歌」（四四六八、四四六九）、「寿《いのち》を願いて作れる歌」」（四四七〇）などを作っており、自らの晩年への寂寥の思いと、聖武帝の崩御とが重なり合っているのかもしれない。

先端的な大陸の文化に劣らない壮大な伽藍を建立し、華麗なる宝物を集めて天平文化の頂点に君臨した華やかな聖武帝の宮廷文化については、家持は何一つ語るところがない。

それでは直接大陸の文化に接することのできた人たちはどのような関心と思いをもってことに臨んだのであろうか。天平八年（七三六）阿倍継麻呂を大使として派遣された遣新羅使の一行が別れを惜しんだ歌一四五首（三五七八〜三七二二）を見ると、いかに日本を離れることが辛く、また帰国することがいかに嬉しいかが言葉を尽くして歌われ、派遣先である新羅については全く言及することがない。新羅で見た文物や風物、そして、持ち帰った異国の珍しい土産物など、何一つ積極的な関心が示されていない。外交使節団としての情報管理下にあったのかもしれないが、素直に渡航への不安と帰国の歓びを表明している。

「海原を八十島隠り来ぬれども奈良の都は忘れかねつも」（三六一三）、「帰るさに妹に見せむにわたつみの沖の白玉拾いて行きかな」（三六一四）など、どう見ても海外の文物や風物に関心がない。さらに国境の壱岐、対馬に至ってもなお「新羅へか家にか帰る壱岐の島行かむたどきも思いかねつも」（三六九六）というように迷っている。

これが海路日本が間近になり、帰国がかなった時の歓びはひとしおである。

「筑紫に廻り来たりて海路より京に入らむとし、播磨国の家島に到りし時に作れる歌」（三七一八〜三七二二）に載る「吾妹子を行きて早見む淡路島雲居に見えぬ家つくらしも」（三七二〇）など、帰郷の一心である。

淡路島まで来れば、難波の津も、生駒山も見えるから、その歓びはひとしおであろう。これは遣新羅使という海外とはいえ一番近い国への渡航でさえそうである。天平勝宝二年（七五〇）に出発した藤原清河を大使とし、大伴古麻呂と吉備真備を副大使とした第十一次遣唐使では光明皇后が甥にあたる大使清河の旅の無事を春日明神に祈って歌を賜り、清河が返歌している。「春日野に斎《いつ》く三諸の梅の花栄えてあり待て還り来るまで」（四二四一）と、やや公式的な歌で、悲壮感はないが、同様に唐土への使命感と興味は示されない。聖武朝の奈良の都の繁栄を背景に清河は唐朝の長安に使いし、絶頂期に君臨した玄宗皇帝に謁見し、相応の待遇を得たが、阿倍仲麻呂を伴って帰国せんとするが、逆風にあって安南に漂着し唐に戻った。天平宝字三年（七五九）迎えの遣唐使が派遣されたが、安史の乱の混乱の中、結局帰国することができず、仲麻呂と共に官人として唐朝に仕え、唐で没している。

一族の中から甥の清河を派遣した聖武天皇、光明皇后の唐朝文化への強い志向をくみ取ることはできるが、命がけであり、また生涯を懸けた大事業であったものの、派遣された大使から水主にいたる者達の間からの唐土での情報は万葉集には一切伝わっていない。養老二年（七一八）帰国の第九次遣唐使や天平五年（七三三）発遣の第十次遣唐使とともに、元正、聖武朝の三度にわたる遣唐使は相当な唐朝の文物を齎したことは間違いない。正倉院宝物の異国の香り高い文物はほとんどこのルートであると見てよい。

四　絵画にあらわれる和風化

しかるに正倉院宝物の大部分はむしろ海外から舶載された美術工芸品をもとに日本で模倣、改作されたものであることを忘れてはならない。養老律令に定めた中務省に属する図書寮、縫殿寮、画工司、大蔵省に属する漆部司、縫部司、織部司、宮内省に属する鍛冶司、木工寮など、優れた技術者集団を国家組織の中に備えていた。

元々は飛鳥時代に朝鮮半島や中国大陸からの高度な技術を持った帰化人集団を組織化したことに始まるが、この匠達の持つ高度な技術がやがて摂取吸収されて、その技をもって大陸から舶来した文物をわが国の風土に合ったものに作り替えてゆく。平安時代になると彼らは中務省内匠寮にほぼ集約されて、彼らの持つ技術の社寺などへの解放が進んでゆく。

正倉院宝物には一面ではこの和風化の過程を示す宝物も多数収蔵されていることをわすれてはならない。日本の風土にあった感性と技術、そして日本で取れる材料とでもって美術工芸品を完成させてゆくのである。

正倉院宝物の中の絵画として、献物帳にも記載されてもっとも著名な遺品では「鳥毛立女屏風」がある。唐代に流行した樹下美人図の系譜を伝えるもので、まさに唐風俗をした豊満な美女の姿が描かれる。しかも鳥毛を貼装したという変わった技法を持つ不思議な作品である。し

鳥毛立女屏風　第3扇
縦135.8cm　幅56cm（北倉）

鳥《とり》毛《げ》立女《りつじよの》屏風《びようぶ》　第1扇
縦135.9cm　幅56.2cm（北倉）

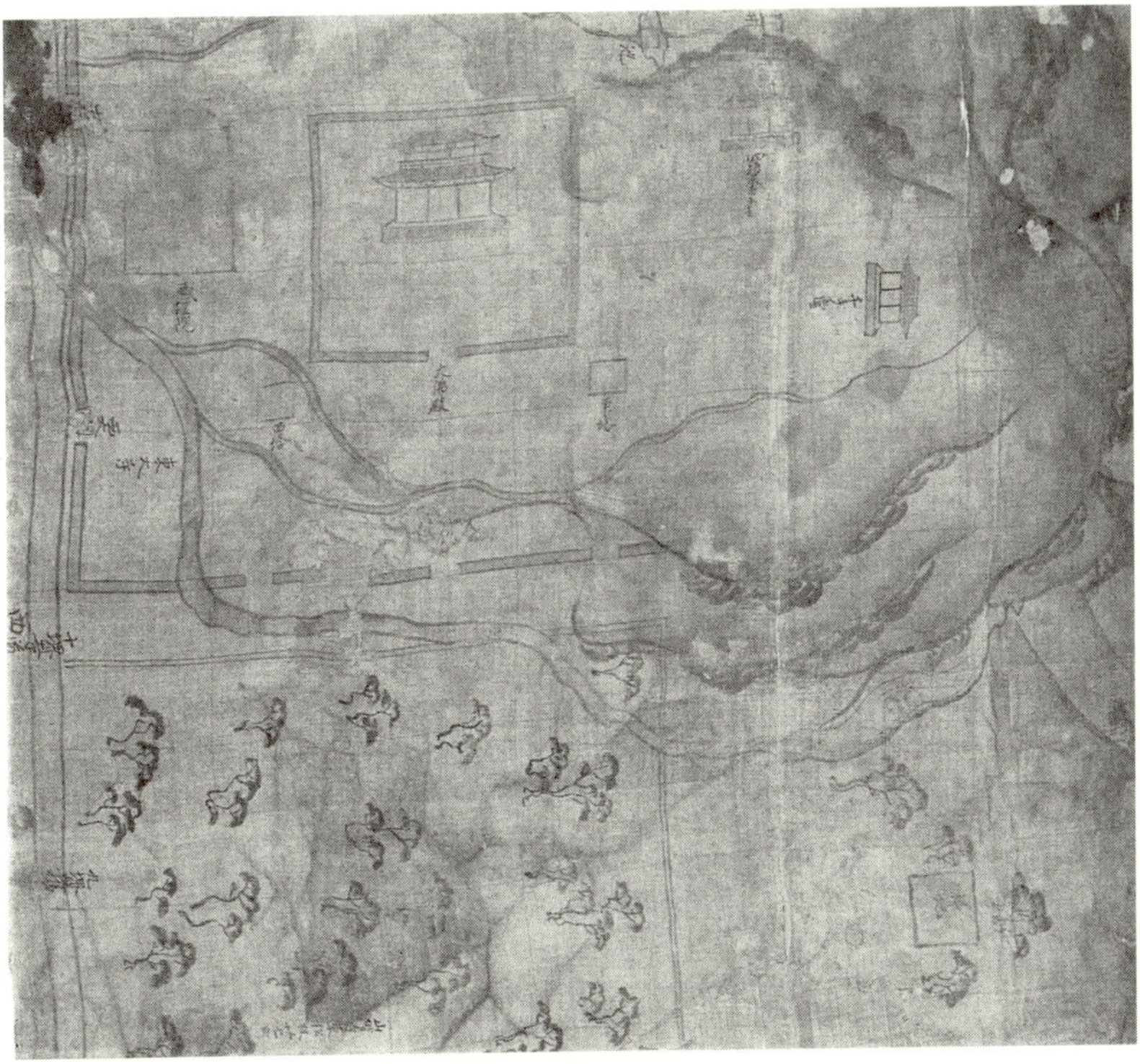

東大寺《とうだいじ》山堺《さんがい》四至《しし》図《ず》（部分）
高さ 297 cm　幅 221 cm（中倉）

かし鳥毛の貼装には日本産の山鳥と雉の羽根が用いられ、また屏風の裏張には天平勝宝四年六月二六日に年記のある反古紙が使われていた。これによって舶載された唐代の屏風をもとに、日本で取れる材料をもって制作されたことが判明した。(13)

今正倉院に伝わる絵画の中で、「麻布山水図」がある。あるいは正倉院と東大寺に伝わる「東大寺開田図」がある。麻布山水図はもとは東大寺東南院に伝来し、明治に正倉院に加えられたものであるが、堂の内外に垂れ幕のように張り廻らせたと思われ、実景とはほど遠い模様的な山水図で、一方の開田図は、実際の東大寺の各地の荘園を図示した絵図で、現在の地形とも十分照合できるいわば地図である。中でも「東大寺山堺四至図」は東大寺の境内を示した絵図である。そこには日本の穏やかな自然景が広がり、見渡す限り山川草木に恵まれた風景が展開する。

同じ正倉院に伝わる楓蘇芳染螺鈿槽琵琶に見る「騎象奏楽図」の垂直水平に鋭角的な大地や山岳で構成された中国大陸の山水表現とは自ずから異質のものと言える。ことに麻布山水図は水の流れや草木、飛鳥、水鳥などを象徴的な文様として、抑揚のない簡素な筆使いで繰り返すだけの描写である。広がる湖に浮かぶ島嶼には東屋があり、また釣り人が糸を垂れる。のどかな水辺の風景で、遠近感もなく、また格別の中心的な構図もない。

ことに水に浮かぶ水鳥は、平安時代に発達する「芦手絵」(14)と呼ばれる絵文字遊びに酷似する。温暖で、湿潤な日本の風景を表した大和絵の表現の嚆矢を見る思いがする。大陸伝来の唐絵(15)に対し、早くも和様化の傾向が見て取れる。「東大寺山堺四至図」や「開田図」も、そこには緩やかに連なる山並みと、同じ文様的図形を繰り返す松や葦の生い茂った平野部を開墾した田畑が図示される。それをやまと絵と呼ぶかどうかは別として、すでに日本的自然表現が確立していたと見ることができる。(16)

そこには万葉集に歌われた日本の美しい山河や豊かな自然を描き分けるほどには日本の絵画技術は至っていないが、すでにして日本絵画の感性や表現の伝統が築きあげられつつある。万葉集ではあくまで自然の風物に託して人事を詠むため、水や波の流れ、そこに浮かぶ鳥に移ろいゆくはかなさを、また山に生える松に越えがたい場所や時間とそれを待つ心を歌い、あるいは草花の咲く季節の移りゆくことに心の乱れを詠む、といった複雑な心情の機微までを表現することは、当時の絵画技法としては不可能であった。

「水鳥の鴨の羽の色の春山のおほつかなくも思ほゆるかも」(一四五一　笠郎女の大伴家持に贈れる歌)、あるいは「明日香川七瀬の淀に住む鳥も心あれこそ波立てざらめ」(一三六六)という、この歌に出る景物をすべて絵に描いたとしても、とうてい詠人の心情を表すのはむつかしい。しかし先の「麻布山水図」を見ると、そこにはこれらの心情を絵に託して感情移入できる余地があろう。文様化した象徴的な表現こそ鑑賞者の感情を自由に羽ばたかせてくれる和様特有の表現なのである。あくまでも曖昧な象徴的な表現にとどめ、細密の徹底した描写でもって構図も細部も描ききることをしない。この点では大陸の絵画とは全く原理を異にするといってよい。

すなわち大陸の絵画原理からすれば日本の絵画は素朴であり、未熟にして本来の絵画ではないとも言える。後の平安時代はまさにこの大陸絵画の原理からの脱却であったとみることができる。

正倉院宝物に見る唐様の世界と万葉集に見る和様の世界とが、同時代的に多様な文化現象としてあり得たことは、今日に到るまでの日本文化の有り様を示唆している。

【注】

（1）中西進「万葉集」（一）　講談社文庫　昭和53年

（2）正倉院の歴史については後藤四郎編『正倉院の歴史』（「日本の美術」140　昭和53年　至文堂）のほか、宝物全体について、最新のものとしては『正倉院宝物』北倉・中倉・南倉（朝日新聞社　昭和62年）などがある。

（3）「東大寺献物帳と紫微中台」東野治之　仏教芸術　259号　平成13年

（4）関根真隆「献物帳の諸問題」（『天平美術への招待』所収　吉川弘文館　平成元年12月）に詳述されている。

（5）関根真隆「献物帳の諸問題」（『天平美術への招待』所収　吉川弘文館　平成元年12月）

（6）正倉院の楽器については、『正倉院の楽器』正倉院事務所編（日本経済新聞社　昭和42年）、阿部

（7）弘編『正倉院の楽器』（「日本の美術」117　至文堂　昭和51年）
『正倉院の漆器』正倉院事務所編（日本経済新聞社　昭和50年）、岡田譲編『正倉院の漆器』（「日本の美術」149　至文堂　昭和53年）
（8）『正倉院の木工』正倉院事務所編（日本経済新聞社　昭和53年）
（9）『正倉院の金工』正倉院事務所編（日本経済新聞社　昭和51年）、中野政樹編『正倉院の金工』（「日本の美術」141　至文堂　昭和53年）
（10）『正倉院のガラス』正倉院事務所編（日本経済新聞社　昭和40年）
（11）『正倉院の染織』正倉院事務所編（朝日新聞社　昭和38年）、松本包夫『正倉院の染織』（「日本の美術」102　至文堂　昭和49年）
（12）ただし、倭文幡は高級品ではないということはあきらかで、「菟原処女の墓を見たる歌」（一八〇九）には「倭文手纏　賤しきわがゆゑ……」とある。万葉集の中で、葛飾の真間の手児名とともに、悲恋の美少女として有名な、この伝説の主人公の墓である乙女塚古墳が神戸市東灘区御影塚町にあり、またその左右には、愛を競った二人の男性の東求女塚古墳と西求女塚古墳とが、対称的な位置にある。やがてこの説話は平安時代の大和物語一四七に収録される。
（13）『正倉院の絵画』正倉院事務所編　日本経済新聞社　昭和43年
（14）芦手絵について、主なものとしては　白畑よし「歌絵と芦手絵」（美術研究125　昭和17年）、白畑よし「あしでとやまと絵」（墨美18）、大道弘雄「新芦手絵考上中下」（国華788〜790　昭和32、33年）、四辻秀紀「華手試論」（国華1038、昭和55年）など

（15）唐絵と倭絵について、主なものとして 秋山光和「平安時代の「唐絵」と「やまと絵」」上・下（美術研究 120・121 昭和16、17年）（『平安時代世俗画の研究』所収 吉川弘文館 昭和39年）、家永三郎『上代倭絵全史』改訂版（墨水書房 昭和41年）など

（16）百橋明穂「古代美術における自然表現」国文学 第33巻1号 昭和63年（『仏教美術史論』所収 中央公論美術出版社 平成12年2月）

上代日本語の東と西

——上古における否定辞ヌとナフの分布

小泉 保

小泉 保
（こいずみたもつ）
1926年静岡県生まれ。東京大学文学部言語学科卒。静岡女子大学教授、大阪外語大学教授を経て現在、関西外国語大学教授。
著書に『言外の言語学』（三省堂）、『ウラル語統語論』（大学書林）、『カレワラ神話と日本神話』（日本放送出版協会）、『ジョークとレトリックの語用論』（大修館）、『縄文語の発見』（青土社）など。

八世紀における古代日本語では、大和地方を中心とする西部古代日本語に対して、関東・東北に基盤をおく東部古代日本語の方言的差異が認められているが、その代表が否定形の「ぬ」と「なふ」であり、これが現代では「ン」と「ナイ」に投影している。

一　東西方言の境界

日本の方言が東西に二分されるという見方は以前から定まっている。

橋本進吉（一九四六・五四―五五）は、両方言を区別する語形上の特徴として四つの点をあげている。

	東部	西部
（一）打消	行かナイ。	行かン（ヌ）。
（二）指定	これダ。	これヂャ。これヤ。
（三）形容詞	白クなる。	白ウなる。
（四）命令形	起きロ。	起きイ。起きヨ。
（五）音便形	買ッた。	買ウた。

これらの両方言の境界線は、大体において富山岐阜愛知の諸県と新潟長野静岡の諸県との間にあるが、正確な一線を以て東西を通すことはできないとしている。

すでに、小林好日（一九二二）も否定について同じような主旨を述べている。

元来ヌとナイは東西方言の差別である。ナイ・ナカッタを主として否定の形として居るのは静岡・山梨・長野・新潟より以東であり、それより西は主としてン・ナンダを否定の形式としている。

関東	関西
私は知らない	私は知らん
私は知らなかった	私は知らなんだ

さらに、東条操先生古希記念会編による『日本方言地図』（一九五一）によると、

（ナイ）	新潟県	長野県	神奈川県	
				静岡県
（ヌ）	富山県	岐阜県	愛知県	

静岡県・山梨県は「ナイ」「ヌ」併用となっている。

これをさらに細かく線引きしたのが牛山初男の『東西方言の境界』（一九六九）である。

ここに引かれている否定辞の境界線はかなり正確なものであるが、方言形を用いて、さらに検証してみる必要がある。

二　奈良時代の否定形

八世紀における古代日本語では、大和地方を中心とする西部古代日本語に対して、関東・東

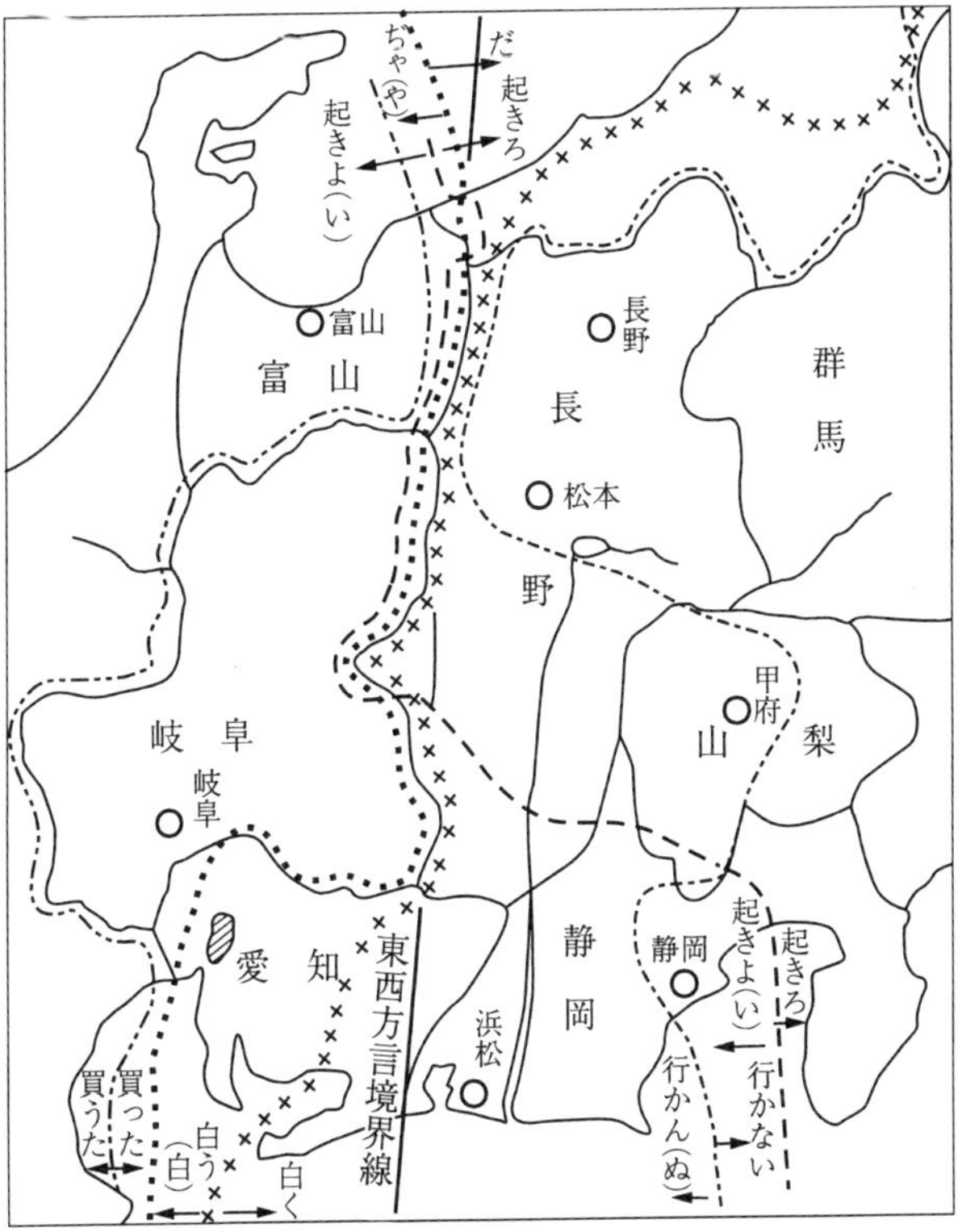

北に基盤をおく東部古代日本語の方言的差異が認められているが、その代表が、否定形の「ぬ」と「なふ」であり、これが現代では「ン」と「ナイ」に投影している。

古代日本語における否定辞には「ず」「ぬ」「なふ」がある。

（一）ズとヌについて

ズは次のように活用するとされている。（橋本進吉一九六九・三二七）

〔図2〕

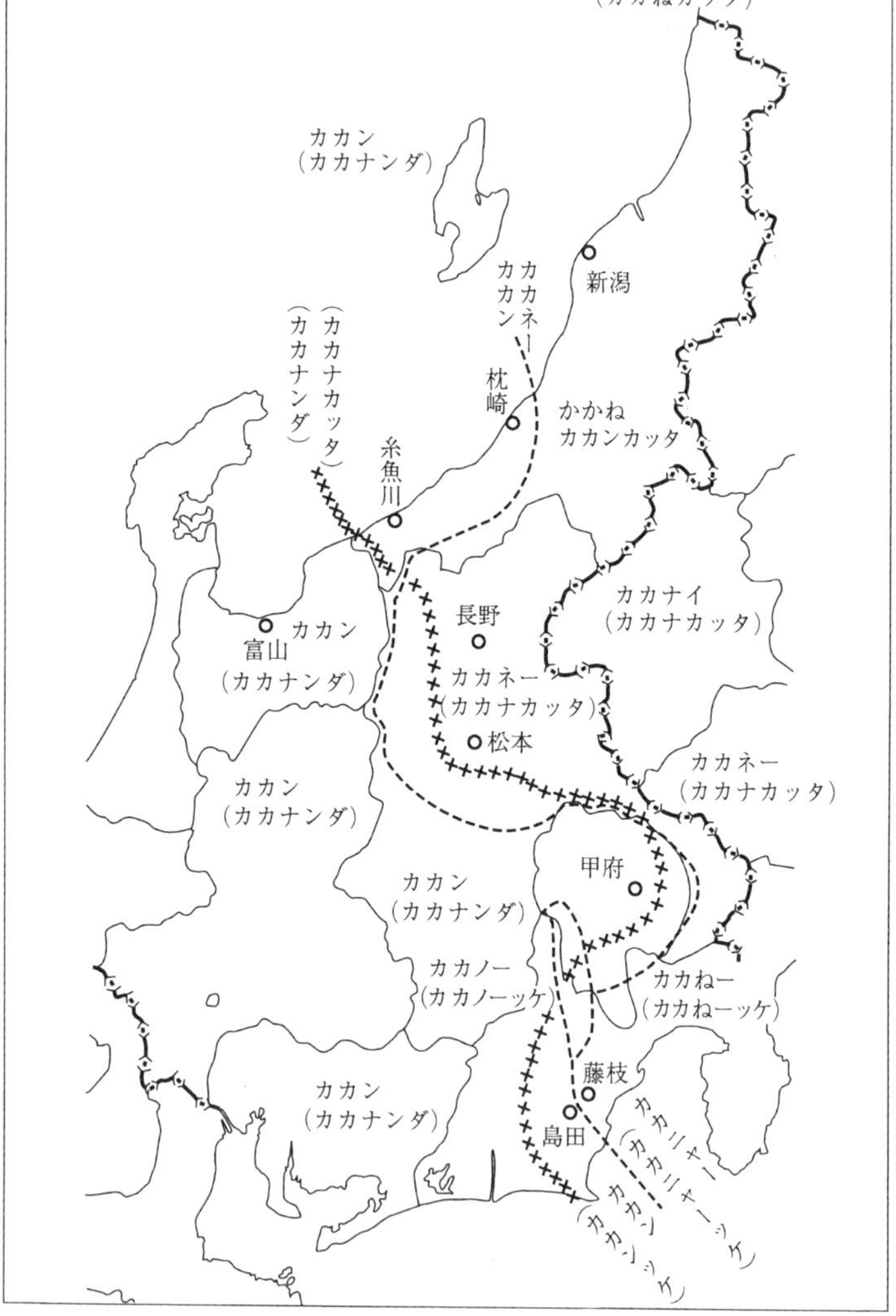

カガね
(カガねカッタ)
カカン
(カカナンダ)
カカネー
カカン
(カカナカッタ)
(カカナンダ)
新潟
枕崎
かかね
カカンカッタ
糸魚川
カカナイ
(カカナカッタ)
長野
カカン
富山
(カカナンダ)
カカネー
(カカナカッタ)
松本
カカネー
(カカナカッタ)
カカン
(カカナンダ)
甲府
カカン
(カカナンダ)
カカノー
(カカノーッケ)
カカねー
(カカねーッケ)
藤枝
島田
カカン
(カカナンダ)
カカニャー
(カカニャーッケ)
カカン
(カカンッケ)

（未然）	（連用）	（終止）	（連体）	（已然）	（命令）
ズ	ズ	ズ	ヌ	ネ	

（ズの未然）おくれるてながこひせズは（万葉集巻五・八六四）

（ズの連用）いきだにもいまだやすめズ　としつきもいまだあらねば（万葉集巻五・七九四）

（ズの終止）いもとのぼればさかしくもあらズ（古事記・下巻・仁徳記）

（ヌの終止）なにとかもうつくしいもがまたさまでこヌ（古事記・一二五）

（ヌの連体）ももかしもゆかヌまつらぢ（万葉集巻五・八七〇）

（ネの已然）たげばぬれたがネばながきいもがかみ（万葉集巻二・一二三）

山田孝雄（一九四九・二六六―七）は、ヌの終止形を認めているので、活用は次のように、ズとニを並記している。

（未然）	（連用）	（終止）	（連体）	（已然）	（命令）
ズ	ズ	ズ			
	ニ	ヌ	ヌ	ネ	

橋本（一九六九・三二七―八）もニの例を加えて、次のように述べている。

するすべのたどきを知らニ、ねのみしぞなく（万葉集巻一五・三七七七）

さうして、「に」は「ぬ」「ね」と直接関係があるものとみとめられるのであつて、「ず」

は多少ちがつた系統のものと思われる。

要するに、ズ系とヌ系の異なる系列が共存していたと考えているし、山田（一九四九・二七二）も同じ見解を示している。

また、ズにアリが連続するものと、ズとアリが融合してザリの形をとるものが生じた。

連続形　あひにこそきこえズアラめ（古事記一四）

融合形　あはザラめやも（万葉集巻一五）（未然形）

この融合形は次のような活用を組む。

(未然)	(連用)	(終止)	(連体)	(已然)	(命令)
ザラ	ザリ	ザリ	ザル	ザレ	ザレ

さかザりし（万葉集巻一）（連用形）　　あはザレど（万葉集巻一五）（已然形）

これら否定辞ズとヌであるが、室町時代には、ズ否定辞は文語として、ヌ否定辞は口語として用いられていると、ジョアン・ロドリゲスは『日本大文典』（一六〇九）の中で述べている。

否定動詞には二通りあって、すべての時及び法にわたって語尾や語形の違つた二つに分かれてゐる。即ち一つはヌに終るものであり、他はズに終るものである。またヌに終る形の方が確実であつて本来話しことばに用いられるものである。

ズやそれから派生した語尾に終わる形は、話ことばよりも書きことばに多く使われる。
すなわち、当時はズの方が古形として文語に用いられ、ヌの方は口語として通用していたようである。

	ヌ系	ズ系
（現在形）	あげヌ	あげズ～あげザル
（過去形）	あげナンダ	あげザッタ
（未来形）	あげマイ	あげザラン

さらに、中国、豊後、博多、その他下（九州）の地方では、否定のズ系アゲザル、アゲザッタという言い方が盛んに使われると説明している。

（二）ナフについて

否定辞ナフは上代日本語の東国方言に用いられ、現代の否定辞ナイの前身とされているが、その変化形は次の通りである。

（未然）わすらこばこそ　なをかけナハめ（万葉集巻一四・三三九四）
（連用）たとつくの　ぬがナへゆけば（万葉集巻一四・三四七六）
（終止）対馬のねは　したぐもあらナフ（万葉集巻一四・三五一六）

（連体）昼とけば　とけナヘひもの（万葉集巻一四・三四八三）
（已然）さねナへば　こころのをろに　のりてかなしも（万葉集巻一四・三四六六）
そこで、山田（一九四九・六二五―六）は次のようなナフの活用形を示している。

(未然)	(連用)	(終止)	(連体)	(已然)	(命令)
ナハ	ナヘ	ナフ	ナヘ	ナヘ	
	〈なひ〉		〈なふ〉		

山田は活用の原型を四段と推測しているので、
ヌ系は――「な・ニ・ヌ・ヌ・ネ」
となるべきで、「な」が脱落している。この幻の「な」が東国方言の否定辞ナフの頭位に現出している可能性があると考えている。
また、この四段の原型図式でいけば、
ナフ系は「ナハ・なひ・ナフ・なふ・ナへ」
と活用していたものが崩れたのではないかと述べて、（連体）の「とけナへ紐の」は「とけナフ紐の」が訛ったものであろうとしている。だが、このようにあまりに四段活用にこだわると現状を歪曲するおそれがある。
「遠しとふ故奈の白嶺に逢うしだ（時）も逢はノヘしだも汝にこそ寄され（万葉集巻一四・三四七八）」では、ナヘがノヘと訛っている。

「わがせなを筑紫へ遣りてうつくしみ帯はとかナナあやにかも寝も（万葉集巻二〇・四四二二）」における ナナは打ち消しの未然形ナに希望をあらわす終助詞ナがついたものと解釈している。

だが、否定のナはむしろ禁止の形で用いられている。

①ソを伴うもの

このしぐれいたくナふりソ（万葉集巻一七・一九九七）

はやくナちりソ（万葉集巻五・八四九）

②ソを伴わないもの

あれなしとナわびわがせこ（万葉集巻一七・三九九七）（文中に）

わすれたまふナ（万葉集巻一五・三七七四）（文末に）

禁止のナは文中にも文末にも現われるが、これこそ否定の原型と考えられる。このナは現代でも使われている。語形成から見て、「ふ」は動詞の末尾に多用され、造語力がある。「あふ」「とふ」「たとふ」「たたかふ」「まつらふ」など、とくに「うた・ふ」の例から、否定の原型ナに動詞化の語尾「ふ」が付加されて、否定動詞ナフが派生されたとみる可能性があると思う。

橋本（一九六九・三四一―三）はやはり次のようなナフの活用形を提示している。

（未然）	（連用）	（終止）	（連体）	（已然）
ナハ	――	ナフ	ナヘ	ナヘ

東歌や防人歌にはズやヌを用いたものがあるから、ナフと共に用いられていたのであろうとみなし、ナフを東国語の特徴であるとした上で、次のように解釈している。

ナフの発音は平安朝或いは以後において、

ナワ　ナイ　ナフ　ナエ　ナエ

と（ハ行音がワ行音の転呼音と）なつたであらう。その連体形の「なえ」は江戸時代東国の打消の「ない」と甚しく似てゐる。その間に関係ある事は否定出来まいとおもふ。さうして、東国語に於ても、連体形が終止形にかはつたとすれば、終止形も「なえ」又は「ない」となつたであらう。さすれば、終止、連体は、形容詞の「無い」と甚近くなり、その意味も似てゐるからして、遂に混同して形容詞のように活用するようになつたのではあるまいか。

これはいちおう納得のいく推測である。

とにかく、否定の過去形には、動詞式と形容詞式とがある。だから、動詞式から形容式に移行したことになる。

動詞式は「動詞語幹＋否定辞＋時制語尾」の骨格をもっている。

たとえば、「さへ＋ナへ＋ぬ（完了の語尾）」、「しら＋ザリ＋き（過去の語尾）」

しらナへぬみことにあれば「拒むことのできなかった命令であるから」（万葉集巻二〇・四四三二）

形容詞式では、形容詞「なし」の否定の過去形が用いられる。形容詞の否定の過去形は「形容詞の連用形＋アリ＋過去語尾」の構成をなしている。

たとえば、「たふとく＋アリ＋けり」（古事記・上巻）

そうすると、このパターンにより「なく・アリ・たり」から現代の否定の過去語尾「ナカッタ」が導き出される。東部方言はすべてこの方式を基にしているが、これに対して、西部方言は「ナンダ」を基調にしている。ナンダも「ぬ・アリ・たり」のような構成から「なりた」→「ナンダ」という変化過程も考えられるが、定かでない。

なお、西日本の否定辞ヌの形成であるが、否定原型ナを動詞化すれば、その終止形は母音ウを取ってヌになる。こうした否定辞は、右の動詞の形態的構造の上から、さらに時制語尾、ついで仮定語尾バを従えることになるので、どうしても動詞の機能を備えるようになる。

三　活用について

国学者から始まり、明治を経て現代に至るまで、動詞の活用は「形態素」単位で分析されてきた。形態素は語幹部と付加部に分けられれ、語幹部の末位母音の形によって、四段、上一段などという分類がなされ、語幹部に付加される形態素群によって、未然・連用・終止・連体・仮定・命令といった変化形が定められた。こうした活用形はいまも通用していて、日本語文法の教育を無味乾燥なものにしている。

第一、終止形は文末にくる語形であり、連体形は名詞の前にたつ語形であって、統語的な機能を基準にしている。仮定形や命令形は文法的な法に属する語形である。

こうした形態素本位の活用分析が現実の語形を派生させるのにそぐはないことは、動詞の代表すなわち終止形から過去形やその否定形を直接みちびき出すことができないことからも明白である。すなわち、

どのようにして、動詞の過去形を連用形から作りだすことになるか。カキ・タ→カイタでは音便という歴史的音声変化の法則を使わなければならない。

また、動詞の過去否定形を連用形から引き出す方法はどうか。カカナイ・タ→カカナカッタではカッタのカの由来が分からない。

現実の言語伝達において、過去形や過去否定の使用度数はきわめて高い。幼児が言語習得をするときは、形態素分析などしていない。それらの語形を語単位の対立としてとらえているのである。

（肯定形）カク　対　（否定形）カカナイ
（非過去形）カク　対　（過去形）カイタ

語単位の活用は、語形の文法的カテゴリーによる対立という形で構成される。時制のカテゴリーでは、非過去形と過去形が対立する。対極性のカテゴリーでは、肯定形と否定形が対立する。こうしたカテゴリー群が組み合わさって語の活用体系を組み立てる。

	（対極性）	（時制）	〈直説法〉	〈条件法〉
動詞	肯定	非過去	カク	カケバ
		過去	カイタ	カイタラ
	否定	非過去	カカナイ	カカナケレバ
		過去	カカナカッタ	カカナカッタラ

この語の活用体系は直説法、条件法、命令法（過去形はない）や推量法（ダロウ）にもあてはめることができる。この語形変化を古文に適用してみよう。

ありそのめぐり見れどあかズケリ（万葉集巻一八・四〇四九）

あく	肯定	非過去	あく
		過去	あきケリ
	否定	非過去	あかズ
		過去	あかズケリ

こうした語の活用方式を使って方言における否定形を探ってみよう。

四　方言におけるンとナイの境界線

東西方言を代表するンとナイの境界線を定めるにあたって、否定の非過去形と過去形を並記してみると、ある結果がでてくる。いま、地理的に中部地方の南部と北部に分けて調べてみよう。南部では静岡県の藤枝市（東）と島田市（西）の間に等語線が走っていて北上するが、静岡県では大井川の上流の井川地区、安倍川上流の大川地区それに山梨県の奈良田ではカカノーという否定形をもっている。これはカカナフ＞カカナウ＞カカノーという変化過程を経たものであろう。

（南部）

（井川）カカノー・カカノーッケ

（小田原）カカネー・カカナカッタ

（沼津）カカねー・カカねーッケ

（藤枝）カカニャー・カカニャーッケ

（島田）カカン・カカンッケ

（浜松）カカン・カカナンダ

〈京都〉カカン・カカナンダ

〈九州〉カカン・カカンジャタ

（北部）

〈秋田〉カガね・カガねガッタ

〈新潟〉カカね・カカンカッタ

（糸魚川）カカン・カカンカッタ

（富山）カカン・カカナンダ

（長野県）

（東部）カカネー・カカナカッタ

（伊那）カカン・カカナンダ

（山梨県）

（東部）同上

（西部）同上

このように、否定形非過去形のカカン・カカナイと過去形のカカナカッタ・カカナンダを比べてみると、前者に対し、後者の方が西側に食い込んでいることが分かる。
また、カカンは西部では統一されているが、東部ではカカニャー・カカネー・カガねのような方言差が見られる。

ナイ ［nai］ ＞ニャー ［nja:］ ～ ［næ:］ ＞ねー ［nɛ:］ ＞ね ［nɛ］
　　　　　　　　　　　　　　　　　　　　　　↑
　　　　　　　　　　　　　　　　　　　ネー ［ne:］

なお、形容詞形を調べてみると、同じような変化現象が中部から関東、さらに東北へと延びている。形容詞のタカイについて、

	（島田）	（藤枝）	（沼津）	（小田原）	〈秋田〉
（肯定）	タカイ	タキャー	タけー	タケー	タげ
（否定）	タカカナイ	タカカニャー	タカカねー	タカカネー	タガグね
（過去）	タカイッケ	タキャーッケ	タカカッタ	タカカッタ	タげガッタ

ここにも、動詞の否定語尾と同じ音声変化が生じている。京都ならば、（肯定）タカイ、（否定）タコーナイ、（過去）タカカッタとなる。

なお、片仮名のネは ［ne］ のように狭い母音エ ［e］ を含むが、平仮名の「ね」は ［nɛ］ のように広い母音エ ［ɛ］ を含んでいる。ケは ［ke］ を「げ」は ［gɛ］ を表わす。

また、過去語尾の「〜ッケ」の使用であるが、静岡県の東部から県西部の袋井市まで及んでいる。

筆者は、戦争中島田市に在住し、藤枝にある旧制中学に通学したが、藤枝市以東ではいわゆる「連母音の融合」が行なわれている。すなわち、アイ↓ヤー、オイ↓エー、ウイ↓イーと変化している。

		（島田市）	（藤枝市）
（形容詞）	「赤い」	アカイ	アキャー
	「白い」	シロイ	シレー
	「寒い」	サブイ	サビー
（名詞）	「大根」	ダイコン	デャーコン
（動詞）	「書いた」	カイタ	キャータ

要するに、連母音を含むほとんどの語が右のような音声変化を受けるのである。そのため、昼間に学校では、「シラニャー」といい、夜分家庭では「シラン」という言語の二重生活を送ってきた。こうした連母音融合への切り替えは強烈な言語運用の体験であった。すなわち、この境界線は固く固定したものであって、簡単に移動するものではないという実感であった。

実は、否定辞ンとナイの境界線は同時に連母音の融合化をも含意しているのである。この等語線の東側では、程度の差はあれ連母音の融合化がみられる。これは動詞の否定形を調べれば明白である。

カカン…カカニャー＞カカねー＞カカネー＞カガね

のように、融合化は中部地方の東半分から関東、北越を経て、東北地方の末端にまで及んで、まさに音声的にも日本を東西に二分し、否定辞の境界線と重なっている。

たしかに、西日本でもこうした連母音の融合化は地域により散発的に発生している。名古屋とか岡山付近にも融合化現象が起こっているが、全体的傾向とはいえない。

いずれにしろ、否定辞のナイとンは上代日本語のナフとヌの後裔であって、その境界線は中部地方を縦断しているが、この等語線はきわめて古いもので、ほとんど移動していないのではないかと思われる。これによって東国方言の境界線はほぼ確定できよう。だが、いかなる外部的勢力によって、東と西の方言に分断されたのかその原因はいまだに明確ではない。

（図二）において、初山の境界線では、北端でカカン形が新潟県の北部に向かって長く延びているが、カカンはカカナエと混在しながら、枕崎付近まで及んで終わっている。また、カカナンダ・カカナカッタの境界線は富山県から長野県に入ると東側に食い込んできていることが分かる。

［参考文献］

牛島初男『東西方言の境界』信教印刷株式会社（一九六九）
国立国語研究所編『方言文法全国地図』二（一九九二）、三（一九九三）、四（一九九九）
小林好日『新体国語法精説』大同館書店（一九二四）
中条　修「静岡県の方言」『講座方言学三』国書刊行会（一九八三）
日本放送協会編『全国方言資料』第二巻「関東・甲信越編」（一九六七）、第三巻「東海・北陸編」（一九六六）日本放送協会
橋本進吉『国語学概論』岩波書店（一九四六）
『助詞・助動詞の研究』岩波書店（一九六九）
福田良輔『奈良時代東国方言の研究』風間書房（一九六五）
間瀬良雄「東海・山東方言」『新・日本語講座三』汐文社（一九七五）
文部省国語調査委員会編『口語法別記』大日本図書株式会社（一九一七）
ロドリゲス『日本大文典』（一六〇四）、土井忠生訳注（一九五五）三省堂
山口幸洋『静岡県の方言』静岡新聞社（一九六三）
山田孝雄『奈良朝文法史』宝文堂（一九五四）

万葉古代学

――万葉びとは何を思い、どう生きたか

二〇〇三年五月二五日　第一刷発行

著　者　中西　進他
発行者　南　曉
発行所　大和書房
東京都文京区関口一―三三―四　〒一一二―〇〇一四
電話番号　〇三―三二〇三―四五一一
郵便振替　〇〇一六〇―九―六四二二七
印刷所　三松堂印刷
製本所　小泉製本
装　丁　福田和雄

ISBN4-479-84062-1
乱丁・落丁本はお取替えいたします。
http://www.daiwashobo.co.jp